Die Hexen von Fairhollow High
Das dunkle Geheimnis

ARIANA CHAMBERS

DIE HEXEN VON FAIRHOLLOW HIGH

DAS DUNKLE GEHEIMNIS

Aus dem Englischen von Doris Attwood

arsEdition

Bibliografische Information der Deutschen Nationalbibliothek
Die Deutsche Nationalbibliothek verzeichnet diese Publikation in der Deutschen Nationalbibliografie; detaillierte bibliografische Daten sind im Internet über http://dnb.d-nb.de abrufbar.

MIX
Papier aus verantwortungsvollen Quellen
FSC® C083411

Original English language edition first published in 2016
under the title *The Witches of Fairhollow High: The Secret*
by Egmont UK limited, the Yellow Building, 1 Nicholas Road, London, W11 4AN

Text: Ariana Chambers
Übersetzung: Doris Attwood
Cover: Grafisches Atelier arsEdition unter Verwendung von Illustrationen von Susana Diaz und von Bildmaterial von Shpak Anton, losw, Sonja illustration, Forest Foxy, Sloth Astronaut / Shutterstock.com
Innenillustrationen: Susana Diaz

ISBN 978-3-8458-2839-8

www.arsedition.de

Mit besonderem Dank an
Siobhan Curham und Catherine Coe

1

Es gab mal eine Zeit, in der ich mich richtig auf Klassenfahrten gefreut habe. In der es meine größte Sorge war, ob sich einer der Jungs wegen zu vieler Schlaglöcher oder zu vieler Süßigkeiten im Bus übergeben würde. Aber das war früher. Bevor ich nach Fairhollow gezogen bin, in die Heimatstadt meiner Mum. Bevor mein Leben vollkommen auf den Kopf gestellt und durcheinandergewirbelt wurde, weil ich herausgefunden habe, dass ich eine Hexe bin.

Ja, ihr habt richtig gelesen. Und nein, ich fliege nicht auf einem Besen durch die Gegend oder verwandle Leute in Frösche und löffle mein Abendessen direkt aus einem Kupferkessel. Ein paar Familien in Fairhollow tragen ein Hexen-Gen in sich, und meine scheint eine von ihnen zu sein.

Wer über dieses Hexen-Gen verfügt, wird mit einer bestimmten Gabe geboren und kann sich zum Beispiel unsichtbar machen, Energie bündeln oder sich durch Wände bewegen. Ich habe eine ganz besondere Fähigkeit: Ich bin eine Empathin, was bedeutet, dass ich spüren kann, wie sich andere Menschen fühlen – und manchmal auch, was sie denken. Das ist *nicht* so cool, wie es sich vielleicht anhört. Mit einem Mal ist nämlich alles in meinem Leben – auch eine Klassenfahrt – furchtbar kompliziert. Zum Beispiel weiß ich wirklich nicht, wie ich damit umgehen soll, dass sich die anderen Junghexen in meiner Schule für die dunkle Seite entschieden haben.

»Ich hab gehört, dass in Mad Bess Woods ein Mädchen ermordet wurde«, verkündet Izzy laut von der hinteren Busreihe.

»Ja«, stimmt Izzys Schoßhündchen Vivien ihr mit mürrischer Miene zu. »Daher hat der Wald auch seinen Namen. Angeblich wurde die Kleine vom Geist eines viktorianischen Waisenmädchens namens Bess in den Tod gelockt. Bess war verrückt. Alle nannten sie Mad Bess.«

Neben mir stößt meine Freundin Holly, die auch eine Hexe ist, ein dramatisches Seufzen aus. »Wenn sie sich schon Geschichten ausdenken, dann könnten sie wenigstens ihre Fantasie ein bisschen spielen lassen. Das war die lahmste Story aller Zeiten.«

Ich kann mir ein Lachen nicht verkneifen. Holly ist die größte Leseratte, die ich kenne. Ich wette, wenn Ärzte in ihr Gehirn schauen würden – im Dienste der Medizin oder so –, dann sähe ihr Gedächtnis genauso aus wie eine Bibliothek, mit endlosen Regalen, voll mit all den Büchern, die sie schon gelesen hat.

»Ganz genau«, dröhnt Bens Stimme von hinten durch den Bus. »Man hat ihre Leich echt an ’nem Baum baumelnd entdeckt und sie war ganz tot und so.«

Ben ist Izzys anderes Schoßhündchen: jede Menge Muskeln, aber kein Hirn. Und bis vor Kurzem auch keine Augenbrauen – dank eines kleinen »Unfalls«, den Holly mit einem Bunsenbrenner inszeniert hat.

Plötzlich spüre ich ein Zittern rechts neben mir und blicke über den Gang zu Eve. Wie gewöhnlich sitzt sie alleine und starrt finster durch ihre riesigen Brillengläser auf die Rückenlehne des Sitzes vor ihr. Sie ist kerzengerade aufgerichtet und ihr Gesicht ist so weiß wie ein Laken.

Ich will mich zu ihr lehnen und sie fragen, ob alles in Ordnung ist, aber dann zögere ich. Eve wirkt immer so unnahbar, so verschlossen. Anstatt etwas zu sagen, hole ich deshalb nur tief Luft, entspanne meinen Körper und konzentriere mich ganz auf Eve. Ich will meine Gabe als Empathin nutzen, um herauszufinden, was sie fühlt. Ich stelle mir vor, wie ich eine riesige Holztür entriegle und Eve hindurchtritt. Eine Woge der Furcht bricht über mich herein. Sie ist so mächtig, dass ich die Tür wieder zuknallen muss. Besorgnis erfüllt mich – und die stammt allein von mir.

»Na ... dann wird es ja bestimmt ein spaßiger Ausflug«, sage ich aufmunternd und lehne mich über den Gang zu Eve.

Eve antwortet mir mit dem winzigsten Kopfnicken der Welt und starrt weiter auf die Rückenlehne.

»Was hast du gesagt, Nessa?«, ruft Izzy mir durch den Bus zu.

Mir wird ganz schwer ums Herz. Seit sich die Sache zwischen uns in Tante Claras Küche zugespitzt hat und Holly und ich ihr gezeigt haben, wie stark unsere Kräfte sind, haben uns Izzy und die anderen Bluthexen in Ruhe gelassen. Izzy hat seit Monaten nicht mehr mit mir gesprochen.

»Ist es nicht schön, wie sich bei einer Klassenfahrt immer alle finden, die nirgendwo dazugehören?«, reizt sie mich weiter. Ich drehe mich um und schaue sie an: blonde Locken, Grübchen und ein süßes Lächeln. Ein *widerlich* süßes Lächeln. Wenn die anderen doch nur wüssten, wie böse sie in Wahrheit sein kann.

»Ja, wirklich schön«, plappert Vivien ihr nach und presst ihre dünnen Lippen zusammen, der säuerliche Gegensatz zu Izzys süßem Lächeln.

Ich schaue Holly an und erkenne das gleiche Stirnrunzeln auf ihrem Gesicht wie auf meinem.

»Wie eine Herde Schafe«, sagt Izzy und kichert.

»Warum ist sie bloß so?«, flüstere ich Holly zu. »Warum ist sie auf einmal so mutig?«

»Ich weiß es nicht. Aber wenn sie nicht gleich die Klappe hält, dann stopfe ich ihr das hier in den Mund!« Holly zieht ein riesiges gebundenes Buch aus ihrem Rucksack. »Die Komplettausgabe von *Der Herr der Ringe*«, fügt sie hinzu. »Achthundertneunundsiebzig Seiten.«

Ich lache. »Ja, das dürfte genügen.«

»Ihr solltet im Wald lieber vorsichtig sein, Mädels«, ruft Izzy. »Geister lieben es, einsame Freaks wie euch heimzusuchen.«

Ich schaue zu Eve hinüber. Sie starrt immer noch geradeaus, aber jetzt hat sie die Fäuste auf ihrem Schoß geballt. Dann kommt mir plötzlich ein furchtbarer Gedanke und ich drehe mich wieder zu Holly um.

»Glaubst du, Izzy benimmt sich so, weil sie weiß, dass wir meilenweit von Tante Clara entfernt sind? Glaubst du, sie denkt, dass wir ohne sie schwächer sind?«

Holly entgleisen die Gesichtszüge. »Ich wette, du hast recht. Sie denken, sie hätten die Oberhand, weil sie zu dritt sind und wir nur zu zweit.«

Mir wird ganz übel, als ich mich daran erinnere, was Tante Clara uns über die Blut- und Silberhexen erzählt hat. Darüber, dass sie in jeder Generation darum wetteifern, ihre Penta – den Kreis der fünf Hexen – als Erste zu vollenden, damit sie ihre Kräfte nicht verlieren. In unserer Generation sind die Bluthexen schon zu dritt, wir Silberhexen erst zu zweit. Die Seite, die zuerst zu fünft ist, gewinnt, während die anderen Hexen ihre Kräfte verlieren.

»Na ja, dann müssen wir ihnen eben zeigen, dass wir uns wehren können, falls sie irgendetwas Fieses versuchen.« Ich richte mich gerade auf meinem Sitz auf. In den vergangenen Monaten, seit Tante Clara uns verraten hat, dass sie früher auch eine Silberhexe war, hat sie Holly und mir dabei geholfen, unsere jeweilige Gabe besser zu meistern. Sie hat Holly beigebracht, wie sie ihre Fähigkeit, Energie zu bündeln, besser kontrollieren kann, ohne gleich sämtliche elektrischen Haushaltsgeräte in die Luft zu jagen. Mir hat sie gezeigt, wie ich meine Kräfte als Empathin besser einsetzen kann, indem ich mir eine Tür vorstelle, die mir dabei hilft, die Gefühle anderer Menschen abzuhalten, die mich sonst überfluten würden.

Im vorderen Teil des Busses steht Mr Matthews von seinem Sitz auf. Wie üblich steht sein drahtiges weißes Haar in alle Richtungen ab und sein zerknitterter Anzug schlackert um seinen dünnen Körper. Er fingert an dem Mikrofon in seiner Hand herum, und ein kreischender Rückkopplungseffekt schrillt so laut durch den Bus, dass alle von den Sitzen hochschrecken.

»Hopsala«, trällert er ins Mikrofon und seine Stimme dröhnt aus den Lautsprechern. Ich bin mir nicht ganz sicher, warum die Schule beschlossen hat, Mr Matthews auf diese Klassenfahrt zu schicken. Irgendwie kann ich mir nicht richtig vorstellen, wie er uns unerschrocken durch die Wälder führt. Zum Glück begleitet uns auch unsere Sportlehrerin Miss Black. Vielleicht ist Mr Matthews auch nur mitgekommen, weil ihm die Aussicht gefiel, in ruhigerer Umgebung ein paar Klassenarbeiten zu korrigieren.

»Ich habe aufregende Neuigkeiten, meine Damen und Herren«, verkündet Mr Matthews und diesmal ist sein Mund ein bisschen weiter vom Mikrofon entfernt. »Wir werden Mad Bess Woods in Kürze erreichen – das Abenteuer kann beginnen! Oh, hoppla …« Der Bus biegt um eine scharfe Kurve und Mr Matthews landet schwungvoll auf Miss Blacks Schoß. »Bitte entschuldigen Sie«, nuschelt er, immer noch ins Mikrofon.

Ich blicke Holly an und schüttle den Kopf. »Irgendetwas sagt mir, dass die längsten drei Tage aller Zeiten vor uns liegen.«

»Ja. Sogar noch länger als das Wochenende, das ich mit meinen Eltern in Rom verbracht habe. Damals hatte ich nichts anderes zu lesen als italienische Bücher.«

»Ich wusste gar nicht, dass du Italienisch kannst.«

Holly seufzt. »Kann ich auch nicht.«

Der Bus rumpelt über einen holprigen Feldweg in den Wald. Der Himmel war vorhin schon bewölkt, aber jetzt, umgeben von den turmhohen Bäumen, ist es im Bus beinahe so dunkel wie in der Nacht. Die Baumstämme sind knorrig und verwachsen und sehen aus, als seien Gesichter in ihre Rinde geschnitzt. Gequälte, heulende Gesichter.

Angeblich ist Mad Bess Woods einer der ältesten Wälder im ganzen Land. Er verdankt seinen Namen Lady Elizabeth Thomas, die vor Hunderten von Jahren in einem hochherrschaftlichen Anwesen ganz in der Nähe wohnte. Als ihr Sohn im Alter von sieben Jahren starb, ist sie vor Trauer verrückt geworden und monatelang weinend durch den Wald gestreift. Zumindest stand das bei Wikipedia.

Während der Bus weiter über den Feldweg holpert, beginnen alle, in den Gepäckfächern nach ihren Jacken und Taschen zu kramen. Alle außer Eve, die auf ihren Schoß hinunterblickt und leise vor sich hin flüstert. Ich stelle mir schnell vor, wie sich die Tür in meinem Kopf wieder öffnet und empfinde überwältigende Dankbarkeit. Eve hat keine Angst mehr – sie ist erleichtert. Aber warum?

Schließlich biegt der Bus auf eine weite Lichtung ab. Rechts von uns sehe ich ein verblasstes Schild mit der Aufschrift WILLKOMMEN AUF DEM CAMPINGPLATZ MAD BESS. Oder zumindest sollte das dort stehen. Allerdings fehlt der Großteil des »B« in »Bess«, deshalb sieht es aus wie CAMPINGPLATZ MADnESS – Campingplatz des Wahnsinns.

Holly blickt mich mit hochgezogenen Augenbrauen an. »Ich hoffe, das ist kein böses Omen.«

Mr Matthews steht wieder von seinem Sitz auf. »In Ordnung, Kinder, wir steigen jetzt ganz anständig aus. Wenn alle auf den vorderen Plätzen bitte zuerst aussteigen würden und die Hinteren noch warten?«

Aber Izzy, Vivien und Ben befinden sich bereits in der Mitte des Gangs. Als sie unsere Sitzreihe erreicht, bleibt Izzy stehen und schaut auf mich herunter. Ihre hellblonden Locken fallen in perfekten Kringeln um ihr Gesicht. Sie sieht wirklich wunderschön aus – zumindest auf den ersten Blick. Es dauert jedoch meist nicht lange, bis man die Härte in ihrem Inneren erkennt, die sich in ihren kantigen Wangenknochen und dem spitzen Kinn widerspiegelt.

»Seid lieber vorsichtig, ihr Freaks«, flüstert sie. »Campen kann ziemlich gefährlich sein, wenn man nicht weiß, worauf man achten muss.«

Hass bohrt sich in meine Magengrube wie ein Nest aus sich windenden Schlangen. Mist! Ihre Gefühle durchbrechen meine Schutzmauer. Ich stelle mir meine Tür vor, aber sie steht einen Spalt offen.

Izzy lacht gehässig. »Das wird so ein Spaß.«

Ich höre, wie Vivien hinter ihr ebenfalls lacht, und spüre, wie sich der Hass langsam meine Kehle hinaufschlängelt und mich von innen erstickt. Ich wende den Blick von den beiden ab, schaue aus dem Fenster und sehe einen mächtigen Baum. Er erinnert mich an meinen Lieblingsbaum in Fairhollow, eine alte Eiche. Ich stelle mir vor, wie ich daruntersitze und ihre Stärke in mir aufnehme, und der Hass beginnt zu verblassen. Ich knalle die Tür in meinem Kopf zu und springe auf. Ich kann nicht zulassen, dass die Bluthexen gewinnen.

»Du machst mir keine Angst«, zische ich Izzy hinterher, aber sie steigt bereits aus dem Bus.

2

Nachdem wir alle ausgestiegen sind und der Bus den Feldweg wieder hinuntergerumpelt ist, versammeln wir uns um die beiden Lehrer.

Mr Matthews zückt den Bleistift, der hinter seinem Ohr steckt. »Gut, zuerst müssen wir …« Er runzelt die Stirn und blickt auf sein Klemmbrett. »Wir müssen …«

»Wir müssen unsere Zelte aufstellen«, unterbricht Miss Black ihn und verschränkt ihre kräftigen Arme vor der Brust. Gerüchten zufolge besitzt sie einen schwarzen Gürtel in Karate *und* ist Boxchampion. Ich bin mir zwar nicht sicher, ob das wahr ist, aber ich würde mich definitiv nicht auf einen Kampf mit ihr einlassen. »Ich möchte, dass ihr eure Zelte am Rand der Lichtung in einem Kreis aufbaut. Wer zuerst fertig ist, gewinnt einen Preis.«

Ein aufgeregtes Raunen geht durch die Klasse.

»Ich wette, es ist irgendein total langweiliger Wanderkram«, flüstert Holly. »Ein Kompass oder so.«

»Gut, gut«, sagt Mr Matthews und blättert immer noch durch die Papiere an seinem Klemmbrett. »In Ordnung, dann also auf die Plätze, fertig –« Miss Black bläst so kräftig in die Trillerpfeife, die ständig um ihren Hals hängt, dass Mr Matthews vor Schreck seinen Bleistift fallen lässt.

Ich schaue zu dem Zelt vor meinen Füßen hinunter. Es hat Tante Clara und meiner Mum gehört, als sie noch Kinder waren. Als Tante Clara uns angeboten hat, es auf unsere Klassenfahrt mitzunehmen, war ich wirklich gerührt. Wenn deine Mum stirbt, wenn du noch ganz klein bist, neigst du dazu, dich an jedes noch so winzige Erinnerungsstück zu klammern.

Holly öffnet den Reißverschluss der Tasche und zieht die Zeltstangen heraus. Wir fangen an, sie zusammenzustecken. Neben uns beginnt auch Eve, ihr Einpersonenzelt auszupacken. Sie tut mir richtig leid. Falls unser Zelt groß genug ist, schlage ich ihr vielleicht vor, dass sie bei uns schläft. Ich blicke über die Lichtung zu Izzy, Vivien und Ben. Man sollte meinen, dass sie zu dritt schon fast fertig sind, aber sie haben noch nicht mal angefangen. Stattdessen lassen sie den Blick mit einem fiesen Grinsen im Gesicht über den Rest der Klasse wandern. Oh, sollen sie doch machen, was sie wollen. Ich schnappe mir die Zeltplane und beginne, sie über dem Gestänge auszubreiten.

»Wir sind fertig, Sir!«, ruft Izzy eine Sekunde später.

Ich starre sie verdutzt an. Wie können sie schon fertig sein? Sie hatten doch noch nicht mal angefangen! Aber die drei stehen tatsächlich mit strahlendem, selbstgefälligem Lächeln vor ihren Zelten.

Mr Matthews sieht genauso verwirrt aus, wie ich mich fühle. »Was? Oh, ich muss schon sagen. Wie um alles in der

Welt …?« Dann lacht er. »Gut gemacht. Wirklich gut gemacht.«

Ich schaue Holly an, und mir rutscht das Herz in die Hose, als mir klar wird, was gerade passiert sein muss. »Izzy muss die Zeit verwandelt haben«, flüstere ich. Als Zeitwandlerin besitzt Izzy die Fähigkeit, die Zeit langsamer verstreichen zu lassen.

Holly nickt. »Warum muss sie ausgerechnet diese Gabe haben?«, seufzt sie. »Das ist nicht fair.«

»Können wir jetzt bitte unseren Preis haben, Sir?«, fragte Vivien.

»Ja, ja, natürlich.« Mr Matthews kratzt sich am Kopf und sieht sich nach Miss Black um. »Wissen Sie, ähm, wissen Sie, was wir für einen Preis haben?«

Miss Black greift seufzend in ihre Tasche.

Ich mache meiner Frustration Luft, indem ich energisch einen Hering in den Boden hämmere. Warum bekommen sie fürs Schummeln auch noch einen Preis? Doch dann sehe ich, worum es sich handelt, und kann ein Grinsen nicht unterdrücken.

»Bitte schön, Mädchen – und Ben«, sagt Miss Black. »Mit diesen Wimpeln könnt ihr eure Zelte dekorieren.« Sie reicht ihnen mehrere rosa Wimpelgirlanden mit kleinen Häschen darauf.

Holly fängt an zu kichern. »Was für ein lahmer Preis! Der ist sogar noch schlimmer als ein Kompass.«

Den wütenden Blicken nach zu urteilen, mit denen sie die Girlanden anfunkeln, scheinen Izzy und die anderen genau dasselbe zu denken.

»Na, jetzt macht schon«, ruft Holly ihnen zu. »Dann sehen eure Zelte gleich viel hübscher aus.«

Jetzt funkelt Izzy *uns* wütend an. Ich schenke ihr ein zuckersüßes Lächeln.

Während Holly und ich weiter unser Zelt aufbauen, denke ich an meine Mum und stelle mir vor, wie sie und Clara in unserem Alter campen gegangen sind. Ich stelle mir vor, wie Mums Hände die Zeltplane an derselben Stelle berühren wie meine, und mir wird ganz warm ums Herz.

Neben uns fechten David und James mit ihren Zeltstangen. David hat ganz spitzes Haar und albert ständig nur herum. Ernsthaft, man könnte ihn zu einer Beerdigung schicken, und er würde trotzdem noch einen Weg finden, einen Scherz zu machen.

Holly sieht mich an und schüttelt den Kopf. »Die längsten drei Tage aller Zeiten.«

»Hört auf damit, Jungs«, höre ich Miss Blacks strenge Stimme.

»Entschuldigung, Miss«, sagt David. »Wir haben nur …« Er verstummt und schaut sich mit verdutzter Miene um.

Ich folge seinem Blick. Miss Black scheint überhaupt nicht in unserer Nähe zu sein.

»Hast du Miss Black auch gehört?«, fragt er James.

James nickt und starrt David verwirrt an.

Vivien stolziert lächelnd an uns vorbei. »Muss wohl ein Gespenst gewesen sein«, sagt sie.

»Sie hat sie nachgeahmt«, flüstere ich Holly zu.

Holly nickt. »Noch so eine verschwendete Gabe«, erwidert sie wehmütig. »Aber vielleicht müssen wir uns wegen der drei bei diesem Ausflug ja doch keine Sorgen machen, wenn sie ihre Kräfte *so* einsetzen wollen.«

Miss Black taucht hinter den Toilettenhäuschen auf der anderen Seite der Lichtung auf. David und James bauen schweigend ihr Zelt auf.

»Mein Rucksack!«, ruft Eve plötzlich, ihre Stimme schrill vor Panik.

Ich drehe mich zu ihr um. Eves Zelt steht und sie blickt sich hektisch um. »Er war eben noch hier und jetzt ist er verschwunden.«

»Bist du sicher?«, frage ich sie und gehe zu ihr. »Du hast ihn nicht im Bus vergessen?«

Eve schüttelt den Kopf, die Augen hinter der Brille weit aufgerissen. »Nein, ich habe eben noch die Aufbauanleitung für das Zelt aus dem Rucksack geholt. Er war genau hier.« Sie zeigt auf den Boden vor ihren Füßen. »Jemand muss ihn weggenommen haben.«

»Ist alles in Ordnung?«, ruft Miss Black uns zu.

»Nein. Mein Rucksack ist verschwunden.« Eve wirkt völlig verstört. »Da ist mein Handy drin, meine Klamotten und alles.«

Miss Black kommt zu uns. »Na, er kann ja nicht weit sein.« Sie wendet sich an den Rest der Klasse. »Hat irgendjemand Eves Rucksack gesehen?«

Alle schütteln den Kopf.

»Ich verstehe das nicht«, sagt Eve mit zitternder Stimme. »Vor einer Sekunde war er noch hier. Wie kann er nur einfach so verschwinden?«

Ich blicke zu Izzy hinüber und sie schaut mich unverwandt an. Ihre blassgrünen Augen leuchten amüsiert. »Das muss wohl der Geist von Mad Bess gewesen sein«, sagt sie leise.

Plötzlich habe ich das Gefühl, sehr weit von zu Hause fort zu sein.

Hoch über mir beginnt eine Krähe in den Baumkronen zu krächzen.

»Zuallererst braucht ihr Kleinholz«, erklärt Mr Matthews.

Es ist Abend, und wir sitzen alle im Kreis in der Mitte der Lichtung und lernen, wie man ein Lagerfeuer entzündet. Bisher mussten wir dafür im Wald nach trockenem Laub, Moos und Stöcken in allen erdenklichen Formen und Größen suchen. Holly und ich werfen unsere Zweige und Rindenstücke in das kleine Loch vor uns, das wir in den Boden gegraben haben.

»Achtet darauf, es gut zu verteilen. Das Feuer braucht Platz, um sich auszubreiten.« Mr Matthews beginnt, im Kreis herumzugehen und unsere Versuche zu begutachten. Er hat sich umgezogen und seinen Anzug gegen einen uralten Trainingsanzug und ein Paar abgenutzte Wanderstiefel getauscht. »Sehr gut. Sehr gut«, lobt er jedes Mal, wenn er an einer Feuerstelle vorbeigeht. »Und jetzt platziert euren Zunder auf dem Kleinholz.«

Vorsichtig legen wir unsere Blätter und das Moos auf die Zweige.

»Und jetzt dürft ihr den Zunder anzünden!«, verkündet Mr Matthews so dramatisch, als würde er die Eröffnung des Parlaments bekannt geben.

»Das mache ich«, sage ich und schnappe mir unsere Streichholzschachtel. Obwohl sich Holly beim Energiebündeln inzwischen viel besser unter Kontrolle hat, werde ich auf keinen Fall das Risiko eingehen, mir die Augenbrauen zu versengen.

»Wenn du darauf bestehst«, seufzt sie.

Ich zünde das Streichholz an und halte es unter ein Bündel Blätter. Die Flamme schießt blitzschnell in die Höhe. Holly kichert.

»Warst du das?« Ich blicke sie stirnrunzelnd an.

»Ich wollte nur helfen«, erwidert sie. »Aber wo wir gerade davon sprechen: Ich frage mich, wie Izzy zurechtkommt.«

Auf der anderen Seite der Lichtung flackern winzige Flammen wie orangefarbene Zungen über Izzys Zunder. Holly legt die Stirn in Falten und rümpft die Nase. Die Flammen erlöschen. Ben entzündet ein Streichholz und wirft es auf die Blätter. Wieder züngeln winzige Flammen – und wieder erlöschen sie urplötzlich.

Ich sehe Holly an und grinse. »Bist du das?«

Sie nickt. »Nach allem, was sie sich heute schon geleistet haben, finde ich, es ist an der Zeit, sie daran zu erinnern, dass sie nicht die Einzigen sind, die magische Kräfte besitzen.«

»Das finde ich auch«, stimme ich ihr zu, auch wenn ich mich gleichzeitig frage, ob es für uns als Silberhexen wirklich richtig ist, unsere Gabe für solche Streiche einzusetzen. Wir sollen unsere Kräfte schließlich nur dafür verwenden, Gutes zu tun. Obwohl man natürlich argumentieren könnte, dass es etwas *sehr* Gutes ist, Izzy, Vivien und Ben einen Denkzettel zu verpassen. Ich beobachte, wie die Flammen in Izzys Feuerstelle emporzüngeln und sofort wieder erlöschen.

»Was machst du denn?«, blafft sie Ben an. »Los, gib her.« Sie reißt ihm die Streichholzschachtel aus der Hand.

»Oh, das wird ein Spaß«, murmelt Holly und starrt Izzy hoch konzentriert an.

Izzy entzündet ein Streichholz und die Flamme schießt nach oben und versengt ihr beinahe den Pony. Sie kreischt erschrocken und lässt das Streichholz auf den Boden fallen, wo es sofort mit einem Zischen ausgeht.

»Gut gemacht«, lobt Mr Matthews, geht neben uns in die Hocke und legt eine Hand auf meine Schulter. »Wirklich sehr gut.« Dann setzt er seine Runde durch den Kreis fort und begutachtet sämtliche Feuerstellen, bis er schließlich Izzys erreicht. »Oh weh.«

»Irgendwas stimmt mit unseren Streichhölzern nicht«, beklagt sich Izzy.

Holly lacht. »Wie lautet noch mal das Sprichwort, Sir? Ein schlechter Brandstifter schimpft immer auf seine Streichhölzer?«

Mr Matthews lächelt. »Ein schlechter Handwerker schimpft immer auf sein Werkzeug.«

Izzy setzt eine finstere Miene auf.

»Mach dir nichts draus«, rufe ich ihr zu. »Ihr könnt schließlich nicht bei allem die Besten sein. Und, hey, immerhin habt ihr ja die Häschen-Wimpel gewonnen.«

Unsere Flammen flackern in der Feuerstelle auf, als würden sie lachen, und halten das böse Funkeln von der anderen Seite der Lichtung in Schach.

Nach dem Abendessen – schwarz verkohlte Würstchen, über dem eigenen Feuer gebraten und überraschend lecker – verkündet Mr Matthews, es sei Zeit für Geschichten.

»Die Tradition, sich am Lagerfeuer Geschichten zu erzählen, reicht bis zum Anbeginn der Menschheit zurück«, sagt er. »Sie gab den Mitgliedern eines Stammes die Möglichkeit, zusammenzuwachsen, Ideen auszutauschen und –«

»Möchte vielleicht irgendjemand anfangen?«, unterbricht Miss Black ihn.

Izzy knufft Ben in die Seite.

»Ich«, sagt er sofort.

Holly stöhnt. »Ernsthaft? Er kennt doch nur ungefähr zwanzig Wörter.«

»Es war einmal vor langer, langer Zeit«, beginnt Ben und streicht sich das schlaffe Haar aus dem Gesicht, »da trieb ein böser Dämon in einem Wald wie diesem sein Unwesen. Der Name des Dämons war … war … Blutrinde, und er war das widerlichste Ding, das man je gesehen hatte. Er hatte echt raue Haut, wie Baumrinde, und seine Zähne waren echt so scharf, dass sie menschliche Haut mit einem einzigen Bissen zerfetzen konnten.«

»Gähn, gähn«, murmelt Holly.

Irgendwo hinter mir im Wald höre ich ein Rascheln und das Knacken eines Zweiges. Ich wickle meine Decke enger um mich.

»Blutrinde lebte in den Bäumen des Waldes. Eigentlich war er, äh, ein Walddämon. Er war der böse Geist des ältesten Baums im Wald. Genau wie der da.« Ben zeigt auf einen mächtigen alten Baum am Rand der Lichtung. Wie aufs Stichwort rauscht ein kalter Wind über die Lichtung und lässt die Äste des Baumes zittern und knarren. Mir jagt ein Schauer über den Rücken. Warum wollte Mr Matthews, dass wir uns Geschichten erzählen? Warum konnten wir nicht stattdessen ein paar Lieder am Lagerfeuer singen? Ich denke sehnsüchtig an meine Gitarre, die zu Hause an mein Bett gelehnt steht, wo ich sie heute Morgen nach einem letzten Griff in die Saiten zum Abschied zurückgelassen habe.

»Blutrinde streunte nachts durch den Wald, auf der Suche nach Campern, die er töten oder von deren Körper er Besitz ergreifen konnte.« Die erlöschenden Flammen des Feuers lassen Schatten über Bens Gesicht tanzen, das dadurch aussieht wie ein hohler Schädel.

Irgendwo in der Ferne ruft eine Eule.

»Was war das?«, fragt Izzy. Sie sieht wirklich erschrocken aus.

»Das war Blutrinde«, antwortet Ben mit einem Grinsen. »So weiß man, wann er kommt – wenn man ihn heulen hört.«

»Halt die Klappe. Das war nur eine Eule«, sagt Vivien, aber auch sie sieht aus, als sei ihr das Ganze nicht geheuer.

»Die Sache ist nur«, fährt Ben vollkommen unbeirrt fort, »dass man nie genau weiß, *wann* Blutrinde zuschlagen wird, weil er genauso aussieht wie ein Baum.«

Der Wind nimmt wieder zu und sämtliche Bäume rund um die Lichtung beginnen zu schwanken.

»Und man weiß auch nie, wann er die Äste ausstreckt und versucht, sich jemanden zu schnappen.«

Einen Moment lang sitzen wir alle schweigend da und lauschen dem Rauschen und Knarren der Bäume.

»Und was macht er, wenn er sich jemanden geschnappt hat?«, fragt David nach einer Weile.

»Er, äh, saugt dir echt dein ganzes Blut aus«, antwortet Ben dramatisch.

Holly stößt ein lautes Seufzen aus. »Langweilig!«

Ben funkelt sie an. »Warum ist das denn langweilig?«

»Weil das alles schon mal da war.« Holly schüttelt den Kopf und ihre Locken hüpfen wild hin und her. »Äh, hallo? Dracula? Die Geschichte wäre viel besser, wenn er sich den Geist seiner Opfer schnappen und in einem Baum einsperren würde. Dann wäre der ganze Wald von den gefangenen Geistern verbitterter, toter Teenager besessen.«

Ich starre sie sprachlos an.

»Was denn?«, sagt sie. »Das wäre wirklich ein viel besseres Ende.«

»Könnte jetzt bitte jemand anderes eine Geschichte erzählen?«, fragt Eve und starrt in die sterbende Glut ihres Feuers.

»Ich kenne eine«, sagt Mr Matthews.

Ich seufze erleichtert und wappne mich innerlich für eine amüsante Geschichte über die Natur – oder das Korrigieren von Klassenarbeiten.

»Es ist schon komisch«, fügt Mr Matthews hinzu und setzt sich gerade auf. »Sie ist mir vorhin wieder eingefallen, als ich eure Feuer begutachtet habe. Da kann man mal sehen, dass man wirklich nie weiß, wann einen die Muse küsst. Wie dem auch sei, die Geschichte handelt von zwei rivalisierenden Hexengruppen.«

Ich werfe Holly sofort einen Blick zu.

»Die eine Gruppe besteht aus guten Hexen, aber die anderen … die anderen sind von Grund auf böse.«

Ich blicke zur anderen Seite der Lichtung. Izzy, Ben und Vivien schauen einander stirnrunzelnd an.

»Diese Hexen fechten einen Wettkampf miteinander aus. Sie müssen …« Mr Matthews unterbricht sich für einen Moment, so als sei er tief in Gedanken versunken. »Sie müssen eine Tasche finden.«

»Was für eine Tasche?«, fragt Eve.

»Die Tasche, die die fünf mächtigsten Zauber enthält.«

Ich spüre, wie ein seltsam beunruhigendes Gefühl in mir aufsteigt. Seine Geschichte ist gefährlich nahe an der Geschichte der Silber- und Bluthexen. Könnte Mr Matthews womöglich etwas darüber wissen? Könnte er von der Legende gehört haben?

»Und diese Zauber bergen das Geheimnis des ewigen Lebens«, fährt er fort.

»Wie viele Hexen sind es denn insgesamt?«, frage ich möglichst beiläufig.

»Oh, Tausende«, antwortet Mr Matthews. »In dem Land Hexental, in dem meine Geschichte spielt, ist jeder eine Hexe – nur, dass einige von ihnen gut sind und andere böse.«

»Dann spielt die Geschichte also nicht in unserer Zeit?«, will Holly wissen.

Mr Matthews lacht. »Natürlich nicht. Sie handelt von Hexen! Wie auch immer, wo war ich stehen geblieben?«

Während Mr Matthews seine immer fantastischere Geschichte über die Welt von Hexental weitererzählt, tauschen

Holly und ich einen erleichterten Blick. Das Ganze muss doch nur ein Zufall gewesen sein. Der Wind peitscht wild durch die Baumkronen und tief im Wald ruft wieder eine Eule. Ich wickle meine Decke ganz fest um mich.

3

Am nächsten Morgen versammeln wir uns alle zum Frühstück. Die Szene sieht aus wie direkt aus der Zombie-Apokalypse. Die dunklen Ringe und schweren Tränensäcke unter den Augen der anderen lassen mich vermuten, dass ich nicht die Einzige bin, die letzte Nacht nicht gut geschlafen hat. Dank unserer »Gutenachtgeschichte« hatte ich einen Albtraum von einem Baumdämon, der versuchte, mir meine Gitarre zu klauen. »Du wirst damit nie wieder spielen, echt!«, brüllte er – mit Bens Stimme. »Du bist dazu verbannt, ein Leben ohne Musik zu fristen.«

Ich bin in kalten Schweiß gebadet aufgewacht und lag starr wie eine Leiche in meinem Schlafsack, während ich dem Rascheln und Knarren des Waldes lauschte. Ich glaube nicht, dass ich mich schon jemals erleichterter gefühlt habe als in dem Augenblick, als das erste zarte Licht der Morgendämmerung zu erahnen war.

»Tja, aber das Positive daran ist, dass wir nur noch eine weitere Nacht überstehen müssen«, sagt Holly und verzieht das Gesicht, während sie sich einen Löffel voll kalter gebackener Bohnen in den Mund schiebt. »Igitt!«

»Ja. Nur noch ein Tag.« Ich blicke zu Izzy, Vivien und Ben hinüber. Sie stecken die Köpfe zusammen und scheinen in ein Gespräch vertieft zu sein. Ich frage mich, ob sie wohl bereits die nächsten fiesen Streiche aushecken. Ich hole tief Luft und denke an Tante Clara. Daran, wie sie mich zum Abschied umarmt hat, während ich den Schwur der Silberhexen flüsterte: *Silber du und Silber ich, wir sind Silber, ewiglich.* Ich spüre, wie mir ein Schauer über den Rücken läuft. Gestern haben mich Izzy und die anderen auf dem falschen Fuß erwischt, aber heute nicht. Heute bin ich auf sie vorbereitet.

Ich beobachte, wie Eve zu Miss Black hinüberschlurft. Sie trägt dieselben Klamotten wie auf der Herfahrt, weil ihr Rucksack immer noch nicht wieder aufgetaucht ist. Sie sagt irgendetwas zu Miss Black, und Miss Black bläst in ihre Trillerpfeife, damit wir alle ruhig sind.

»Hätte eins der Mädchen bitte ein paar Kleider, die ihr Eve leihen könnt?«

Izzy und Vivien fangen sofort an zu kichern.

Miss Black funkelt sie wütend an. »Stimmt vielleicht irgendetwas nicht, ihr zwei?«

Izzy schüttelt den Kopf und ihre perfekten Locken hüpfen auf und ab. »Nein, Miss.«

»Na, und was ist dann so komisch?«

»Gar nichts. Es ist nur …« Sie verstummt kurz und lächelt süßlich. »Ich glaube nicht, dass Eve meine Kleider besonders gut stehen würden.«

»Und passen würden sie ihr auch nicht«, fügt Vivien hinzu und blickt auf ihre dünnen Beine hinunter.

Eves Gesicht läuft knallrot an. Ihr Haar ist vom Schlafen auf einer Seite ganz platt gedrückt und sie sieht furchtbar müde und angespannt aus.

»Du kannst dir was von mir ausborgen«, rufe ich ihr zu.

»Danke, Nessa«, erwidert Miss Black.

»Freak«, murmelt Vivien. Izzy und Ben grinsen nur spöttisch.

Eve trottet wieder über die Lichtung zurück. »Danke«, murmelt sie und schaut auf den Boden hinunter.

Ich krabble in unser Zelt und ziehe ein sauberes T-Shirt und eine frische Unterhose aus meiner Tasche. Zum Glück hat Tante Clara darauf bestanden, dass ich genügend Ersatz einpacke. »Man weiß nie, wann man es vielleicht braucht«, meinte sie. Ich rolle die Klamotten zu einem Bündel zusammen und reiche sie Eve.

»Danke«, murmelt sie wieder und verkriecht sich dann in ihr Zelt.

Miss Black pustet erneut kräftig in ihre Trillerpfeife, und Mr Matthews, der neben ihr sitzt, verschüttet vor Schreck seinen Tee über seine Klamotten.

»Gut«, bellt Miss Black. »Die Duschen sind geöffnet, falls einige von euch duschen wollen.« Die Jungs lachen nur und schütteln die Köpfe. »Ihr habt eine halbe Stunde Zeit, um euch zu waschen, dann brechen wir zu unserer Wanderung zu den Höhlen auf.«

Izzy und Vivien stöhnen in Stereo.

»Wie weit ist das denn?«, will Izzy schmollend wissen.

»Drei Kilometer«, antwortet Miss Black. »Kaum der Rede wert.«

Izzy hebt ihre dünnen Augenbrauen. »Drei Kilometer sind ewig weit!«

»2800 Meter, um genau zu sein«, gibt Miss Black zurück, erhebt sich und wischt sich die Zweige und Blätter von ihrem Trainingsanzug. »Wie ich schon sagte, kaum der Rede wert.« Sie stemmt die Hände in die Hüften. »Außerdem werden wir uns für die Wanderung zu den Höhlen in zwei Gruppen aufteilen. Die Hälfte von euch kommt mit mir, die andere geht mit Mr Matthews.«

Mr Matthews nickt eifrig mit dem Kopf. Sosehr ich ihn auch mag, so hoffe ich doch insgeheim, dass ich in Miss Blacks Gruppe lande. Er ist so zerstreut, dass ich mir nur allzu gut vorstellen kann, dass er sich schon nach ein paar Metern verirrt.

»Es ist äußerst wichtig, dass ihr in euren jeweiligen Gruppen immer zusammenbleibt, während wir die Höhlen erkunden«, fährt Miss Black fort. »Der Boden ist rutschig und uneben. Deshalb wird auch nicht wild durch die Gegend gerannt oder herumgealbert. Habt ihr das verstanden?« Sie wirft uns einen strengen Blick zu und wir nicken alle eingeschüchtert. Alle bis auf Ben, der dramatisch seufzt, als sei er der größte Actionheld der Welt, und Izzy und Vivien, die heimlich ein hinterlistiges Grinsen wechseln.

Mir rutscht das Herz in die Hose. Sicher sind sie nicht dumm genug, in den Höhlen einen ihrer dämlichen Streiche zu spielen, oder? Aber dann muss ich wieder daran denken, was sie in Tante Claras Küche angerichtet haben und dass sie fast unser ganzes Haus in Brand gesteckt hätten.

Natürlich sind sie dumm genug. Ich schaue Holly an, um zu sehen, ob sie dasselbe denkt wie ich, und ihre finstere Miene bestätigt es.

Miss Black beginnt, uns in Gruppen einzuteilen und unsere Namen vorzulesen. Holly, Eve und ich sind in Mr Matthews' Gruppe, zusammen mit Izzy, Ben und Vivien. Großartig. Aber wenigstens sind wir da, um sie aufzuhalten, falls sie wirklich irgendetwas Dummes versuchen.

Nach einer eiskalten Dusche, nach der ich mir irgendwie noch dreckiger vorkomme als vorher, machen wir uns zu den Höhlen auf. Miss Blacks Gruppe ist kurz vor uns losmarschiert und bereits außer Sichtweite, aber Mr Matthews scheint eine etwas entspanntere Herangehensweise zu bevorzugen. Eigentlich ist es weniger eine Wanderung als ein gemütlicher Spaziergang. Er bleibt andauernd stehen, um uns zu erklären, wie jede einzelne Blume, jede Pflanze, jeder Vogel und jeder Baum am Wegesrand heißen.

»Schaut nur! Schaut nur!«, ruft er, als wir um die nächste Wegbiegung gehen. »Ein Fliegenpilzring!«

Dort, auf einer kleinen Lichtung, steht tatsächlich ein perfekter Ring aus Fliegenpilzen, leuchtend rot mit weißen Punkten. Bisher habe ich so etwas nur auf Bildern gesehen.

Izzy lehnt sich gegen einen Baum und seufzt, als hätten wir gerade einen Berg erklommen und seien nicht im Schneckentempo durch den Wald geschlendert.

»Laut einer alten Legende ist dies ein Feenring«, erklärt uns Mr Matthews. »Angeblich kommen Feen hierher, um im Inneren des Rings zu tanzen.«

Ben stöhnt. Ich kann nicht anders, als mich von Mr Matthews' Begeisterung anstecken zu lassen. All seine kleinen Anekdoten erwecken den Wald zum Leben, auf eine schöne Art und Weise – ganz im Gegensatz zu den Geschichten von letzter Nacht.

»Können wir nicht einfach zu den Höhlen weiter, bitte?«, fragt Vivien mürrisch.

»Was?« Einen Moment lang wirkt Mr Matthews, als hätte er das Ziel unseres Ausflugs völlig vergessen. »Oh, ja … Ja, natürlich.« Er hebt sein Klemmbrett hoch.

»Hier entlang! Folgt mir!«

»Wenn wir diese Höhlen unter seiner Führung tatsächlich finden, dann fresse ich meine Ausgabe von *Unten am Fluss*«, murmelt Holly.

Gefühlte zweihundert Vogel-, Baum- und Blumenentdeckungen später erreichen wir tatsächlich die Höhlen. Miss Blacks Gruppe sitzt auf dem Boden und sieht ziemlich gelangweilt aus.

»Wo waren Sie denn?«, blafft die Sportlehrerin Mr Matthews an.

Er wirkt aufrichtig verdutzt. »Wir sind Ihnen gefolgt.«

»Wir sind schon seit einer halben Stunde hier. Warum hat das denn so lange gedauert? Ach, ist ja auch egal. Jetzt sind Sie ja alle da.« Miss Black bläst in ihre Trillerpfeife, was eigentlich gar nicht nötig wäre, weil wir sowieso schon still dasitzen. »Okay, vergesst nicht, was ich gesagt habe. Ihr müsst die ganze Zeit zusammenbleiben – und niemand rennt oder albert herum. Ich gehe voraus. Mr Matthews, wenn Sie bitte die Nachhut bilden würden?«

»Selbstverständlich.«

»Gut. Teilweise kann es dort drin ziemlich eng werden. Von euch leidet doch niemand an Klaustrophobie, oder?« Miss Black lässt den Blick durch die Runde schweifen.

Ben runzelt die Stirn. »Was bedeutet das denn?«

»Dass man Angst vor kleinen Räumen hat. Du weißt schon, wie in deinem Gehirn«, antwortet Holly.

»Halt die Klappe!«, schnauzt Ben sie an und er, Izzy und Vivien werfen uns finstere Blicke zu.

Miss Black führt uns alle durch den Höhleneingang. Ärgerlicherweise lassen sich Izzy, Vivien und Ben ans Ende der Gruppe zurückfallen, hinter Holly, Eve und mich. Anfangs kommt mir die Höhle gar nicht so schlimm vor. Ein Sonnenstrahl hat die Wolkendecke durchbrochen und lässt die Wände hellgelb leuchten. Doch je tiefer uns Miss Black in die Höhle hineinführt, desto enger und dunkler wird sie. Hinter uns schaltet Mr Matthews seine Taschenlampe ein. Ihr Lichtstrahl huscht hin und her und wird auf unheimliche Weise von den feucht schimmernden Stalaktiten reflektiert. Vor uns stößt David ein geisterhaftes Heulen aus und mir stehen die Nackenhaare zu Berge.

»Hör auf herumzualbern!«, bellt Miss Black im vorderen Bereich der Gruppe.

»Hör auf herumzualbern!«, bellt sie direkt hinter uns erneut und ich fahre vor Schreck fast aus der Haut.

»Liebe Güte, das Echo hier ist ja wirklich beeindruckend«, sagt Mr Matthews. Aber ich kann Vivien kichern hören und weiß, dass sie Miss Black nachgeahmt hat. In der Dunkelheit spüre ich, wie Holly meinen Arm packt und ihn ganz fest drückt.

Es ist alles okay, beruhige ich mich selbst. *Sie sind nicht die Einzigen, die über besondere Kräfte verfügen. Wir sind genauso stark wie sie.* Aber in der kalten, klammen Finsternis fällt es mir schwer, daran zu glauben. Was, wenn Izzy genau in diesem Moment die Zeit verwandelt? Was, wenn sie irgendetwas tut und wir uns hier drinnen alle verirren? Wie sollte ich mich dagegen wehren?

Ich suche mit den Augen verzweifelt die Dunkelheit ringsum ab und entdecke schließlich in weiter Ferne vor uns einen stecknadelkopfgroßen Lichtpunkt. Während ich mich vorsichtig durch den rutschigen Tunnel taste, wächst die Stecknadel auf Daumengröße heran. Wir müssen dem Ausgang allmählich näher kommen.

»Wir sind fast da!«, ruft Miss Black von vorne.

Ich höre, wie Eve neben mir ein erleichtertes Seufzen ausstößt, und die Spannung in meinem Körper beginnt sich zu lösen. Dann ertönt jedoch ein seltsames Grollen.

»Na großartig, ein Gewitter«, stöhnt Holly.

Dann ist ein weiteres Grollen zu hören und irgendetwas Hartes trifft mich im Gesicht. »Was war das? Was ist hier los?« Ich drehe mich zu Mr Matthews um.

»Die Höhlendecke bröckelt«, antwortet Holly.

Mr Matthews leuchtet mit der Taschenlampe nach oben. Erneut hören wir ein mächtiges Donnern. Ich schaue Izzy an. Ist *sie* das? Aber Izzy sieht genauso erschrocken aus, wie ich mich fühle. Auch Vivien und Ben starren zur Höhlendecke empor und wirken ebenso verängstigt. Als ich mich umdrehe, bricht ein riesiger Brocken aus der Decke und knallt mit einem gewaltigen Krachen hinter uns auf den Boden.

Dann erlischt das Licht vor uns.

4

Ich kauere mich in der Hocke zusammen und versuche, ruhig zu bleiben. Doch vor lauter Angst habe ich das Gefühl, die Höhlenwände würden sich immer enger um mich schließen und mir würde sämtlicher Sauerstoff aus dem Körper gesaugt. Ich komme mir vor wie ein in sich zusammenschrumpelnder Luftballon. Ich versuche, tief einzuatmen, aber es fühlt sich an, als sei meine Luftröhre blockiert.

»Geht's dir gut?«, flüstert Holly und hockt sich neben mich.

Ich nicke und schnappe nach Luft.

»Oh, du liebe Güte«, sagt Mr Matthews mit schwacher, zitternder Stimme.

»Ich kann nicht … ich kann nicht atmen«, bringe ich schließlich hervor.

Holly legt ihren dünnen Arm um meine Schultern. »Spürst du die Panik der anderen?«, fragt sie leise. »Du musst versuchen, sie abzublocken.«

Ich versuche, meine alte Eiche heraufzubeschwören, aber alles, was ich sehe, ist völlige Dunkelheit. Ich schließe die

Augen. Ich stelle mir vor, wie ich langsam auf dem sonnenüberfluteten Pfad zu dem Baum gehe. Ich stelle mir Licht und ganz viel Platz um mich herum vor. Und dann, endlich, sehe ich die Eiche vor mir. Ihre riesigen Wurzeln, die sich wie starke Arme nach mir ausstrecken. Ich renne auf sie zu und presse den Rücken fest gegen den Stamm. Ich spüre, wie die Kraft des Baumes durch mich hindurchfließt und alle Furcht verdrängt. Ich atme ganz tief ein und meine Lungenflügel füllen sich wieder mit Luft.

Ich öffne die Augen, und jetzt sehe ich statt völliger Finsternis den Lichtstrahl von Mr Matthews' Taschenlampe, der durch die Höhle huscht.

Ich blicke Holly an und lächle schwach. »Danke.«

Eines weiß ich mit Sicherheit: Izzy und die anderen hatten nichts mit diesem Steinschlag zu tun. Ich habe viel zu viel Angst und Panik von ihnen gespürt. Ich drehe mich um und sehe tatsächlich, wie Izzy und Vivien eng aneinandergedrückt an der Höhlenwand stehen. Selbst in der Dunkelheit kann ich erkennen, dass sie zittern.

»Wo ist Ben?«, fragt Mr Matthews. »Er war eben noch direkt vor mir. Jetzt ist er weg!« Er leuchtet mit der Taschenlampe hin und her und der Lichtstrahl trifft auf Izzy, Vivien, Eve, Holly und mich. Ben ist verschwunden.

»Er muss seine Phantom-Kraft genutzt haben«, flüstere ich Holly zu.

Sie nickt. »Typisch Bluthexer, sich nur um sich selbst zu kümmern«, grummelt sie. »Wenn ich die Gabe hätte, durch Dinge hindurchzugehen, dann hätte ich dich trotzdem niemals allein gelassen.«

»Ich dich auch nicht.« Ich schaue wieder zu Izzy und Vivien hinüber und frage mich, was sie jetzt wohl von Ben halten. Sie sehen ganz eindeutig nicht glücklich aus.

»Er muss wohl schon vorausgegangen sein, ohne dass ich es bemerkt habe«, vermutet Mr Matthews, kramt in seiner Jackentasche herum und zieht sein uraltes Handy heraus. »Das Wichtigste ist jetzt, nicht in Panik zu verfallen. Ich rufe Hilfe und dann sind wir im Handumdrehen wieder draußen.«

»Hier drinnen haben Sie auf keinen Fall Empfang«, platzt Izzy heraus. »Was, wenn die Decke einstürzt? Was, wenn wir von den Felsbrocken erschlagen werden?«

Vivien flüstert ihr etwas ins Ohr, und plötzlich wird Izzy ganz still und wirkt hoch konzentriert. Ich frage mich, ob sie versucht, ihre Gabe einzusetzen. Als Tante Clara uns die verschiedenen Hexenkräfte erklärt hat, hat sie uns auch erzählt, dass Zeitwandler irgendwann in der Lage sind, die Zeit zurückzudrehen. Ich frage mich, ob Izzy genau das gerade versucht. Bisher konnte sie die Zeit nur langsamer verstreichen lassen. Izzy konzentriert sich auf den Felsbrocken vor ihr, aber nichts passiert. Ich drehe mich zu Eve um. Nach dem, wie sie sich gestern im Bus verhalten hat, frage ich mich, ob sie nicht vielleicht doch Angst vor engen Räumen hat. Wenn ja, dann muss sie das hier total in Panik versetzen.

Ich rücke näher an sie heran.

»Geht's dir gut?«, frage ich sie, aber Eve antwortet mir nicht. Ich werde ein bisschen sauer. Ich verstehe ja, dass sie gestresst ist, aber das sind wir alle. Sie muss deswegen ja nicht so unhöflich sein. Izzy starrt immer noch auf den Felsen vor uns.

Plötzlich beginnt der Felsbrocken zu zittern und rutscht zur Seite. Zuerst ganz langsam, aber dann rückt er mit einem mächtigen Satz aus der Steinlawine und hinterlässt eine Lücke, die gerade groß genug ist, dass wir einer nach dem anderen hindurchkriechen können.

»Was zur Hölle?«, stammelt Holly.

»Noch ein Steinschlag!«, kreischt Vivien.

»Aus dem Weg!« Izzy stößt mich zur Seite und krabbelt durch die Öffnung. Vivien ist ihr dicht auf den Fersen, gefolgt von Eve.

Ein neuer Schrecken erfasst mich. Hat Izzy das getan, als sie den Felsbrocken angestarrt hat? Hat sie dafür gesorgt, dass er sich bewegt? Aber wie? Verfügt sie womöglich über noch größere Kräfte, als wir bislang dachten?

»Es ist ein Wunder!«, ruft Mr Matthews aus. »Kommt, Kinder, nichts wie raus, solange wir noch können!«

Ich schaue Holly an. »Hast du das gesehen?«

Sie nickt. »Komm jetzt.«

Während ich hinter ihr durch die Lücke klettere, trifft mich eine schreckliche Erkenntnis. Wenn Izzy nicht nur die Zeit verwandeln, sondern auch Felsen bewegen kann, dann haben wir wirklich ein Problem.

Am Abend, zurück auf dem Campingplatz, sind alle noch ganz aufgeregt wegen der Ereignisse in der Höhle. Unsere

Lehrer haben natürlich keine Ahnung, dass das etwas mit Izzy zu tun hatte. Miss Black glaubt, dass sich der Felsbrocken durch ein weiteres Beben bewegt hat, während Mr Matthews nur noch vom »Wunder von Mad Bess« spricht. Ich beobachte, wie Eve zum Lagerfeuer der Lehrer hinübergeht.

»Hey, Eve, du kannst auch bei uns mitessen, wenn du willst«, ruft Izzy ihr über die Lichtung hinweg zu.

Das aufgeregte Murmeln verstummt. Alle sehen genauso schockiert aus wie Eve. Warum ist Izzy auf einmal so freundlich zu ihr? Ich halte den Atem an und warte auf die unvermeidbare spitze Bemerkung oder einen gemeinen Scherz.

»Ehrlich.« Izzy nimmt eine Frikadelle von ihrem Grillrost und legt sie in ein Brötchen. Dann steht sie auf und bringt Eve den Burger.

»Hier stimmt irgendetwas nicht«, murmelt Holly und ich nicke zustimmend.

»Danke«, sagt Eve, nimmt den Burger und dreht sich um, um wieder an ihren Platz zurückzukehren.

»Hey.« Izzy hält sie am Arm fest. »Warum setzt du dich nicht zu uns?«

»Ja, komm doch«, ruft Vivien und macht auf ihrer Decke Platz.

»Nach allem, was wir heute durchgemacht haben, habe ich wirklich das Gefühl, dass wir uns total nähergekommen sind«, sagt Izzy mit einem Lächeln.

»Ist das ihr Ernst?«, flüstert Holly.

»Ja, schon komisch, dass sie *uns* nicht ›total nähergekommen‹ sind«, erwidere ich.

In dem Moment kehrt Ben von der Toilette zurück. Er hat irgendetwas in der Hand.

»Schaut mal, was ich gefunden hab«, ruft er und hält es hoch. »Eves Rucksack.«

Eve jauchzt vor Freude.

»Das ist ja wundervoll!«, freut sich auch Mr Matthews. »Oh, was für ein glücklicher Tag das heute doch ist. Abgesehen von dem Teil, als wir eingeschlossen waren und dachten, wir würden sterben, natürlich.«

»Wo war der Rucksack denn?«, will Miss Black wissen.

»Bei den Toilettenhäuschen«, antwortet Ben und reicht ihn Eve.

»Aber … aber … wie ist er denn da hingekommen?«, stammelt sie.

»Wen interessiert's, wie er da hingekommen ist?«, fragt Izzy säuselnd. »Die Hauptsache ist doch, dass er wieder da ist.«

Eve drückt den Rucksack an sich und schenkt Ben ein erleichtertes Lächeln. »Danke!«

»Ich freu mich so für dich!«, ruft Izzy aus und legt einen Arm um Eves Schultern.

»Oh mein Gott. Wenn sie nicht gleich mit den öffentlichen Zuneigungsbekundungen aufhört, dann würge ich meinen Hotdog wieder hoch!«, sagt Holly und schüttelt angewidert den Kopf.

Ich lasse den Blick über den Rest der Klasse schweifen. Alle sind genauso verdutzt wie ich, weil Izzy Eve plötzlich wie ihre neue beste Freundin behandelt.

»Aber wie ist der Rucksack denn dort hingekommen?«, frage ich scharf.

»Das ist doch egal«, faucht Vivien. »Das einzig Wichtige ist, dass die arme Eve ihn wiederhat.« Sie klopft neben sich auf die Decke. »Komm schon, Eve. Setz dich zu uns.«

Eve folgt Izzy und Ben und lässt sich auf der Decke nieder. Sie sieht aus, als würde sie sich ungefähr so wohlfühlen wie eine Maus, die in eine Löwengrube steigt.

Für den Rest des Abends beobachten wir, wie Izzy, Vivien und Ben zu Eves Ehren ein wahres Einschleim-Festival veranstalten. Erst als wir später in unserem Zelt liegen, habe ich Gelegenheit, mich ungestört mit Holly zu unterhalten.

»Was glaubst du, warum sich die drei so bei Eve einschmeicheln?«, frage ich sie, sobald wir den Reißverschluss unseres Zelts geschlossen haben und in unsere Schlafsäcke geschlüpft sind.

Holly zuckt mit den Schultern. »Ich weiß es nicht. Alles, was ich weiß, ist, dass es nichts Gutes bedeuten kann.«

Ich kuschle mich noch tiefer in meinen Schlafsack, aber mir will einfach nicht warm werden. Die Bluthexen haben irgendetwas vor, und ihre Kräfte sind stärker, als wir dachten. Ich schlinge die Arme eng um meinen Körper und stelle mich auf eine weitere Nacht mit unruhigen Träumen ein.

5

Sobald der Bus an der Schule ankommt, stürzen Holly und ich nach draußen und rennen schnurstracks zum »Paper Soul«, Tante Claras Buchladen und Café. Als wir die Hauptstraße hinunterstürmen und am »Zimt & Zucker« vorbeikommen, ruft uns jemand hinterher.

»Hi, Nessa!«

Ich drehe mich um und sehe Noah, der gerade einen der Tische draußen abräumt. Ich laufe knallrot an. Aber ich habe jetzt keine Zeit, darüber nachzudenken, wie kraftvoll sich die Muskeln in seinen Armen anspannen, als er das Tablett mit den Tassen hochhebt, oder wie süß seine dunklen Locken aussehen.

»Hi«, rufe ich zurück und eile weiter.

»Du weißt schon, dass es unhöflich ist, so zu starren, oder?«, ruft Holly ihm noch zu.

»Was sollte das denn?«, frage ich und meine Wangen werden noch röter.

»Er hat dich angeglotzt wie ein Goldfisch. Als Nächstes pfeift er dir noch hinterher. Ich meine, wir leben schließlich nicht mehr in den Siebzigern. Wir befinden uns in der dritten Welle des Feminismus. Oder ist es die vierte?«

»Schon, aber …« Ich breche den Satz ab. Dafür haben wir jetzt wirklich keine Zeit. Als wir das Ende der Hauptstraße erreichen, kommt das »Paper Soul« in Sicht. Das schwarzrote Ladenschild schaukelt in der sanften Brise. Vor ein paar Monaten, als ich hierher gezogen bin, kam mir alles so seltsam und unvertraut vor. Jetzt fühlt es sich praktisch wie zu Hause an. Ich spüre ein trauriges Stechen, als ich an meinen Dad denke, der weit weg in Dubai arbeitet. Es fühlt sich hier wie zu Hause an, bis auf die Tatsache, dass mein Dad fehlt.

Als wir das »Paper Soul« erreichen, steht Tante Clara in der Tür und dreht das »Geöffnet«-Schild um auf »Geschlossen«. Sie trägt schwarze Leggings und eine lange türkisfarbene Tunika, durch die ihr feuerrotes Haar noch leuchtender aussieht. Auf ihrem Gesicht breitet sich ein strahlendes Lächeln aus, sobald sie uns entdeckt. Ich kann auch nicht aufhören zu grinsen. Es ist seltsam, daran zu denken, wie unbeholfen wir am Anfang miteinander umgegangen sind, als ich bei ihr eingezogen bin.

»Mädels!«, ruft Tante Clara und schlingt die Arme um uns beide. »Wie war's? War es … War mit ihnen alles okay?«

»Nicht wirklich«, antworte ich, drücke mich fest an sie und atme den Duft ihres Rosenölparfüms ein.

»Aber es gab nichts, womit wir nicht fertiggeworden wären«, fügt Holly hastig hinzu und wir folgen Tante Clara in den Laden.

Selbst an einem sonnigen Tag wie heute liegt das »Paper Soul« mit seinen von Büchern gesäumten Wänden und Nischen in

Dunkelheit getaucht. Wir folgen Tante Clara durch den Buchladen zum Café im hinteren Teil des Hauses. Wie gewöhnlich riecht es nach Räucherstäbchen und Brot. Zum allerersten Mal an diesem Wochenende entspanne ich mich wirklich.

»Also, was ist passiert?«, will Tante Clara wissen und zieht uns drei Stühle vom nächsten Tisch heran.

»Was ist nicht passiert?«, erwidert Holly dramatisch.

Ich spüre sofort eine Welle der Besorgnis von Tante Clara. Sie blickt mich mit hochgezogenen Augenbrauen an. »Nessa?«

»Na ja, da war dieser Steinschlag …«

Tante Clara setzt sich kerzengerade auf. »Was für ein Steinschlag?«

»Oh, es ist alles okay«, antwortet Holly. »Wir sind wieder rausgekommen. Na ja, offensichtlich, sonst würden wir schließlich nicht hier sitzen, stimmt's? Aber *wie* wir wieder rausgekommen sind, ist, was uns Sorgen macht.« Holly dreht sich zu mir um. »Erzähl du es ihr.«

»Ja«, sagt Tante Clara und wendet sich mir ebenfalls zu. »Erzähl mir alles.«

»Wir haben diese Höhle besichtigt und es gab einen Steinschlag und wir wurden eingeschlossen«, berichte ich schnell und versuche, keine große Sache daraus zu machen.

Tante Clara schüttelt ungläubig den Kopf. »Stecken die Bluthexen hinter dem Steinschlag?«

»Nein. Ganz bestimmt nicht. Sie waren mit uns eingeschlossen.«

»Abgesehen von Ben, dem alten Angsthasen«, fügt Holly hinzu. »Er hat sich mithilfe seiner Phantom-Kräfte nach draußen gerettet.«

»Und was ist dann passiert?«, will Tante Clara wissen. »Wie seid ihr wieder rausgekommen?«

»Na ja, wir waren eingeschlossen, aber dann hat Izzy den Felsen angestarrt, der unseren Fluchtweg versperrt hat, und er hat sich – bewegt. Er ist praktisch zur Seite gehüpft. Ich kann mir einfach nicht vorstellen, wie das auf natürliche Weise passiert sein soll. Felsbrocken hüpfen schließlich nicht einfach so von selbst zur Seite. Das widerspricht sämtlichen Gesetzen der Schwerkraft. Izzy muss ihn mit ihren Kräften bewegt haben.«

Tante Clara stößt einen Pfiff aus. »Aber ich dachte, Izzy sei eine Zeitwandlerin und nicht telekinetisch.«

»Teleki-*was*-tisch?«, fragt Holly.

»Das bedeutet, dass man Gegenstände nur durch die Kraft seiner Gedanken bewegen kann«, erklärt Tante Clara.

»Glaubst du, es ist möglich, dass eine Hexe mehr als nur *eine* Gabe hat?«, frage ich und befürchte ernsthaft, die Antwort darauf könnte »Ja« lauten.

Tante Clara runzelt die Stirn. »Ich weiß es nicht. Ich habe jedenfalls noch nie von einer gehört. Aber vielleicht wachsen die Kräfte der Bluthexen ja.« Sie seufzt. »Oh, das ist wirklich sehr besorgniserregend. Wurde irgendjemand bei dem Steinschlag verletzt?«

Holly schüttelt den Kopf. »Aber ich glaube, die arme Eve ist mit einem bösen Trauma wieder nach Hause gefahren.«

Tante Clara sieht mich fragend an. »Eve?«

»Eve Hart«, antworte ich. »Sie war auch mit uns in der Höhle eingeschlossen. Und sie hatte ihren Rucksack verloren.«

»Ja, und dann haben sich die Bluthexen urplötzlich mit ihr angefreundet«, fügt Holly hinzu. »Alles in allem war es für sie also der Campingausflug in die Hölle.«

»Eve Hart?«, wiederholt Tante Clara nachdenklich, so als würde sie den Namen kennen.

Ich nicke.

»Kennst du sie?«, will Holly wissen.

»Hast du dich nicht vor Weihnachten ein paar Mal mit Eve getroffen?«, fragt Tante Clara mich und ich erröte.

Holly runzelt die Stirn. »Hast du?«

Ich schüttle den Kopf. »Nein. Das war, als ich mich heimlich mit dir getroffen habe. Als …« Ich kann mich kaum dazu überwinden, Tante Clara anzuschauen. »Als du mir gesagt hast, dass ich nicht mit Holly befreundet sein darf, du weißt schon. Ich, äh, ich habe dir erzählt, ich würde mich mit Eve treffen.«

»Oh.« Tante Clara verzieht das Gesicht.

»*Pein-lich!*«, sagt Holly in singendem Tonfall und wir müssen alle lachen. »Aber mal ernsthaft, ich freue mich wirklich, dass du mich jetzt magst«, fügt sie hinzu. »Es macht das Leben so viel leichter.«

»Es war ja nicht so, dass ich dich nicht mochte«, entgegnet Tante Clara hastig. »Ich wollte nur nicht, dass Nessa in die Hexenfehde von Fairhollow mit hineingezogen wird. Ich schätze, man könnte sagen, ich habe die Wirklichkeit verdrängt.«

Wieder lachen wir alle, und ich spüre, wie sich ein Ring aus Wärme rund um den Tisch legt. Es ist so schön, wieder zu Hause bei Tante Clara zu sein – weg von Izzy und den anderen.

»Was hast du gesagt, wie Eve mit Nachnamen heißt?«, fragt Tante Clara und spielt an dem Katzenkopf-Ring an ihrem kleinen Finger herum.

»Hart. Warum?« Ich betrachte aufmerksam ihr Gesicht.

»Sie wohnt noch nicht sehr lange in Fairhollow«, fügt Holly hinzu. »Sie geht erst seit letztem September auf unsere Schule.«

Tante Clara nickt. »Vor langer Zeit lebte hier einmal eine Silberhexe mit dem Namen Hart. Ich erinnere mich noch, dass mir meine Großmutter von ihr erzählt hat.« Ihre Augen weiten sich, als sei ihr gerade ein Licht aufgegangen. »Sie war auch telekinetisch. Angeblich eine der mächtigsten Telekinetikerinnen, die es je gegeben hat. Grandma hatte richtig Ehrfurcht vor ihr.« Tante Claras Miene wird ernst. »Aber sie hat all ihre Kräfte verloren, als die Bluthexen ihre Penta zuerst vollendeten. Das war wirklich eine schreckliche Zeit.«

Ein eiskalter Schauer jagt mir über den Rücken. Tante Clara spricht sonst nie darüber, was damals passiert ist, als die Bluthexen an der Macht waren, und ich wollte sie auch nie danach fragen. Ich kann mir nur allzu gut vorstellen, wie grauenvoll es gewesen sein muss. Dann kommt mir ein anderer Gedanke.

»Aber wenn die Freundin deiner Großmutter telekinetisch war …«

»Und Eve mit ihr verwandt ist …«, fährt Holly fort, als hätte sie meine Gedanken gelesen.

»Dann könnte Eve …«

Wir starren beide Tante Clara an.

»Ihr habt doch gesagt, dass Eve mit euch in der Höhle eingeschlossen war, oder?«, fragt sie.

Ich nicke.

»Besteht vielleicht die Möglichkeit, dass *sie* diejenige war, die den Felsbrocken bewegt hat?«

Ich schließe die Augen und versuche mich daran zu erinnern, was genau passiert ist. Ich habe gesehen, wie Eve sich zusammengekauert hat, aber dann habe ich Izzy beobachtet. Als ich Eve das nächste Mal gesehen habe, ist sie schon aus der Höhle geklettert. »Ich weiß es nicht.«

»Oh mein Gott!«, ruft Holly aus. »Vielleicht ist das auch der Grund, warum die Bluthexen so nett zu ihr sind.«

»Was meinst du denn damit?«

»Na ja, vielleicht haben sie sofort kapiert, dass Eve den Felsen bewegt hat. Ihnen ist klar geworden, dass sie eine Hexe ist, und –«

»Sie versuchen, sie auf ihre Seite zu ziehen.« Mir rutscht das Herz in die Hose, als sich die einzelnen Puzzleteile zusammenfügen. Wenn sich Eve ihnen wirklich anschließt, dann fehlt der anderen Seite nur noch eine Hexe, um ihre Penta zu vollenden.

»Wir müssen Eve finden«, sage ich. »Wenn sie mit der Freundin deiner Großmutter verwandt und wirklich eine Hexe ist, dann müssen wir sie davon überzeugen, sich *uns* anzuschließen.«

»Bevor Izzy und die anderen ihre Krallen in sie bohren«, fügt Holly hinzu und steht auf. »Vielleicht finden wir ihre Adresse ja im Internet.«

»Das ist nicht nötig«, sagt Tante Clara. »Ich bin mir sicher, dass neulich eine der Harts hier im Laden war, um ein Buch zu bestellen – und dafür musste sie ihre Adresse hinterlassen.« Tante Clara geht zur Ladentheke und beginnt, in einem in Leder gebundenen Buch zu blättern. »Ja, hier ist es. Hart. Hollow Hill 3.«

»Dann nichts wie los«, sagt Holly.

»Bis später«, verabschiede ich mich von Tante Clara, bevor ich Holly nacheile.

»Aber tut nichts Überstürztes«, ruft sie uns noch hinterher. »Ihr wollt schließlich nicht …« Aber ihre Stimme wird vom Läuten der Glocke über der Tür übertönt.

6

»Wow!«, stößt Holly aus, als wir an der Nummer drei in Hollow Hill emporblicken. Das Haus steht ein wenig abseits von den anderen am Fuß des Hügels, umgeben von einem weitläufigen Garten voller Blumen. Es hat ein Reetdach und große Schiebefenster, abgesehen von denen unter der Traufe, die kleiner sind und im Licht der untergehenden Sonne glänzen. Sie erinnern mich an ein Augenpaar.

»Genau *so* stelle ich mir mein zukünftiges Leben-als-Schriftstellerin-Haus vor«, sagt Holly sehnsüchtig.

Ich blicke sie fragend an. »Dein was?«

»Das Haus, in dem ich wohnen werde, wenn ich erst mal eine berühmte Schriftstellerin bin.« Holly legt die Stirn in Falten. »Warum starrst du mich denn so an?«

»Tu ich doch gar nicht. Es ist nur … Bei diesem ganzen Hexenchaos ist es mir überhaupt nicht in den Sinn gekommen, dass wir ja auch noch andere Dingen im Leben machen können.« Ich denke an meine Gitarre. Es ist schon ewig her, dass ich davon geträumt habe, später mal Profimusikerin zu werden.

»Natürlich können wir das!«, ruft Holly aus. »Wir müssen nur dafür sorgen, dass die Bluthexen ihre Penta nicht vollenden. Dann sind wir frei und können tun, was immer wir wollen. Komm jetzt.«

Ich folge Holly den gewundenen Pfad hinauf. Dicke Büsche aus Narzissen schaukeln sanft in der Brise. Es sieht alles so normal und hübsch aus – so unhexenmäßig. Zwei riesige Terrakottatöpfe voller Stiefmütterchen flankieren die Haustür. Ich denke daran, wie Eve in der Schule immer wirkt: in sich zusammengesunken, so als wollte sie versuchen, sich noch kleiner zu machen, während sie mit angsterfüllten Augen hinter ihrer Brille hervorschaut. Ich hätte mir nie vorgestellt, dass sie in einem Haus wie diesem wohnt – einem so bunten, freundlichen und fröhlichen Haus. Holly drückt auf den Klingelknopf. Im Inneren des Hauses ertönt eine unbeschwerte kleine Melodie.

»Ich geh schon«, ruft eine Frauenstimme, bevor die Tür aufschwingt. »Hallo.« Die Frau blickt uns neugierig an. Sie trägt eine Schürze über Jeans und T-Shirt und ihr Haar ist zu einem Pferdeschwanz zusammengebunden. »Kann ich euch helfen?«

»Ja … äh … wir wollten zu Eve.« Ich halte den Atem an. Was, wenn Tante Clara sich geirrt hat? Was, wenn das hier gar nicht die richtigen Harts sind?

»Zu Eve?« Die Frau wirkt richtig schockiert.

»Oh, tut mir leid, ich glaube, wir haben die falsche Adresse«, sage ich hastig.

»Nein, nein, ihr seid schon richtig. Es ist nur …« Sie bricht den Satz ab. »Ich … Wir haben keinen Besuch erwartet. Eve ist gerade erst von einer Klassenfahrt zurückgekommen.«

»Ich weiß«, erwidert Holly. »Wir waren auch mit auf dem Ausflug. Wir sind in ihrer Klasse. Sie hat mir ein Buch ausgeliehen, während wir weg waren, und ich habe ganz vergessen, es ihr zurückzugeben. Deshalb dachten wir, wir kommen kurz vorbei und, na ja, geben es ihr wieder.«

»Ah, verstehe«, sagt die Frau lächelnd. »Na, dann könnt ihr es ja auch mir geben.« Sie streckt Holly ihre Hand hin.

Holly entgleisen die Gesichtszüge.

»Außerdem wollten wir uns versichern, dass es ihr gut geht – nach dem Unfall«, füge ich hinzu.

»Oh.« Eves Mum schaut uns einen Moment lang an. »Dann hat sie es euch also erzählt?«

Ich nicke, obwohl ich mich frage, was sie damit meint. Vielleicht denkt sie, wir seien bei dem Steinschlag nicht dabei gewesen und nicht mit Eve in der Höhle eingeschlossen worden. Ich beschließe, meine Empathie-Gabe einzusetzen und zu versuchen, ihre Gefühle zu lesen. Ich stelle mir vor, wie ich die Tür in meinem Kopf öffne. Traurigkeit schimmert um Eves Mum wie blasses Mondlicht.

»Kommt rein«, sagt sie, macht die Tür ganz auf und geht rückwärts in die Diele.

Holly und ich folgen ihr ins Haus. Ich versuche verzweifelt, mir etwas einfallen zu lassen, das ich sagen kann, falls sie auf die Idee kommt, Eve zu rufen, aber dann piepst aus einem Zimmer links der Diele ein Wecker. Eves Mum wirkt auf einmal richtig gestresst. »Geht ruhig nach oben, ihr beiden. Ich muss zu George. Folgt der Treppe einfach bis unters Dach.« Sie eilt in das andere Zimmer davon.

Ich schaue Holly an. »Wer ist George?«, flüstere ich.

Sie zuckt mit den Schultern. »Woher soll ich das wissen? Du bist doch die Gedankenleserin! Komm jetzt.« Holly beginnt, die Stufen hinaufzusteigen. Auf jedem Treppenabsatz befindet sich einer dieser Treppenlifte, wie alte Leute ihn benutzen. Ich frage mich, ob Eves Großeltern wohl auch hier wohnen. »Vielleicht ist George ihr Großvater«, raune ich Holly zu und sie nickt. Als wir den obersten Stock erreichen, habe ich für Eve bereits ein komplettes Familienporträt in meinem Kopf gezeichnet, einschließlich ihres gehbehinderten Großvaters.

Der Flur unter dem Dach ist viel schmaler als in den Stockwerken darunter und es gehen nur zwei Türen von ihm ab. Beide sind geschlossen.

»Und was jetzt?«, frage ich Holly flüsternd.

»Hallo?«, brüllt sie aus vollem Hals und ich erschrecke richtig. »Eve?«

»Musst du so laut schreien?«, zische ich. »Ich hätte fast einen Herzinfarkt gekriegt!«

Wir hören ein Geräusch hinter einer der Türen und dann fliegt sie plötzlich auf. Eve steht auf der Schwelle und starrt uns an. Sie trägt einen Onesie mit Tigerstreifen und hat ihre Brille nicht auf. Sie sieht vollkommen anders aus – und total verwirrt.

»Was macht ihr denn hier? Wie seid ihr reingekommen?«

»Wir müssen was mit dir besprechen«, sage ich. »Deine Mum hat gesagt, dass wir einfach zu dir raufgehen können.«

Eve runzelt die Stirn. »Hat sie?«

»Ja. Ist es okay, wenn wir reinkommen?« Holly deutet auf Eves Zimmer.

»Oh. Na ja …« Aber bevor Eve noch etwas hinzufügen kann, ist Holly schon an ihr vorbei und steht in ihrem Zimmer. »Cooles Haus«, sagt sie.

Eve sieht mich hilflos an und lädt mich dann mit einer Geste ebenfalls in ihr Zimmer ein.

»Worüber wollt ihr denn mit mir reden?«, fragt sie und geht zum Fenster hinüber. Ich erkenne, dass es eines der kleinen unter der Dachtraufe ist.

Holly schaut mich an und nickt mir zu.

»Ist es okay, wenn wir uns setzen?«, frage ich und blicke zu ihrem mit Kissen übersäten Bett hinüber. Jetzt, wo wir hier sein, habe ich keine Ahnung, was ich sagen soll. Es besteht schließlich immer noch die Chance, dass Eve gar nicht mit der Freundin von Tante Claras Großmutter verwandt ist. Und selbst wenn sie es ist, kann es theoretisch möglich sein, dass sie ihre Hexenkräfte gar nicht geerbt hat. Wie soll ich das nur herausfinden, ohne total verrückt zu wirken?

»Okay«, antwortet Eve. Sie klingt jedoch, als fände sie es alles andere als okay, dass wir sie so in ihrem Zimmer überfallen.

»Wir … äh … haben uns nur gefragt, was in der Höhle wirklich passiert ist«, beginne ich und lasse mich auf der Bettkante nieder.

Eve versteift sich völlig. »Was meinst du?«

»Den Felsbrocken. Und wie er sich bewegt hat. Aber es ist schon okay. Wenn du … du weißt schon … wenn du etwas damit zu tun hattest.«

»Wir haben auch ein Geheimnis«, fügt Holly hastig hinzu.

Eve dreht sich um und starrt uns an. »Was meint ihr damit, ihr habt ein Geheimnis?«, fragt sie mit angespannter, leiser Stimme.

»Ich bin Energie-Bündlerin und Nessa ist Empathin. Schau mal.« Holly konzentriert sich auf die Lichterkette, die Eve um den Spiegel auf ihrer Frisierkommode drapiert hat. Die Lämpchen beginnen zu flackern. »Ich kann auch noch andere Sachen – größere Sachen«, fügt Holly hinzu. »Aber ich will dir keine Angst machen – oder dein Zimmer in die Luft jagen!«

Eve klappt die Kinnlade herunter. Ich lese schnell ihre Gefühle und pralle gegen eine Mauer des Zorns.

»Raus hier!«, sagt sie und macht einen Schritt auf uns zu. »Verschwindet! Sofort!«

»Was ist denn los?«, fragt Holly und wirkt aufrichtig schockiert. »Wir dachten, du würdest dich darüber freuen.«

»Freuen?« Eves Augen sind so groß wie Untertassen. »Warum sollte ich mich darüber freuen?«

»Dass du nicht die Einzige bist«, antworte ich.

»Die Einzige was?«

»Hexe«, flüstert Holly.

»Ich habe keine Ahnung, wovon ihr redet«, erwidert Eve. Sie stampft zur Zimmertür und reißt sie auf. »Falls das irgendein kranker Scherz sein soll, dann bin ich wirklich nicht in der Stimmung dafür. Es ist schon schlimm genug, dass ich mich in der Schule damit herumschlagen muss, aber das hier ist mein Zuhause.«

»Es tut mir leid«, sage ich, gehe zu ihr und lege eine Hand auf ihren Arm. Sofort werde ich von schrecklicher Angst erfüllt und höre eine schreiende Stimme – »George!«, schreit sie. Dann schwappt eine Woge der Schuld über mich hinweg. Eve schüttelt meine Hand ab, als hätte sie sich daran verbrannt. Ich weiche einen Schritt zurück und lehne mich gegen die Wand, um mich aufrecht zu halten, bis das Gefühl wieder verblasst. Was um alles in der Welt ist hier gerade passiert?

»Wir wollten dich nicht wütend machen«, versichert Holly.

»Tja, das habt ihr aber«, brüllt Eve. »Könnt ihr jetzt bitte gehen?«

»Ist da oben alles in Ordnung?«, ruft Eves Mum von unten.

Ich blinzle hektisch und versuche, meinen Verstand wieder zu fokussieren. Wir müssen hier weg, bevor ihre Mum zu uns nach oben kommt. Ich packe Holly am Arm. »Komm schon.«

Wir eilen die Treppe hinunter. Ich kann Eve auf dem Treppenabsatz hinter uns spüren, während sie uns nachsieht.

»Was ist denn los?«, fragt ihre Mum, als wir die Diele erreichen.

»Gar nichts, wir müssen nur los«, antworte ich, zu verlegen, um ihr in die Augen zu schauen.

»Warum ist Eve denn so aufgewühlt?«, ruft uns ihre Mum noch nach, als wir bereits durch den Garten davoneilen.

Aber wir antworten ihr nicht. Wie könnten wir auch?

7

Holly und ich wechseln kein einziges Wort, bis wir um die Ecke von Hollow Hill biegen. Sobald wir außer Sichtweite des Hauses sind, bleibt Holly stehen und starrt mich verzweifelt an. »Wir hätten nicht so mit der Tür ins Haus fallen sollen. Wir hätten versuchen sollen, uns erst mal mit ihr anzufreunden.«

»Ich weiß.«

Holly seufzt. »Ich habe mir nur solche Sorgen wegen der Bluthexen gemacht.«

»Ich mir auch.«

»Denkst du, sie haben es ihr schon erzählt?«

»Ich weiß es nicht.« Ich beuge mich vornüber und atme tief ein. Ich bin immer noch ziemlich durcheinander wegen dem, was ich gefühlt habe, als ich Eves Arm berührt habe.

Holly schaut mich besorgt an. »Ist alles okay?«

»Ja. Ich hatte in Eves Zimmer nur einen dieser Flashbacks. Mir ist immer noch ein bisschen schwindlig und flau im Magen.«

Holly legt eine Hand auf meinen Rücken. »Was war es? Was hast du gesehen?«

»*Gesehen* habe ich eigentlich gar nichts. Es war eher ein Gefühl. Ich hatte schreckliche Angst. Und Schuldgefühle. Und ich habe gehört, wie jemand den Namen George geschrien hat.«

»Eves Großvater?«

»Ja, vermutlich.«

Holly runzelt die Stirn. »Ich frage mich, was das zu bedeuten hat.«

»Keine Ahnung.« Ich seufze. »Aber was immer es auch ist, ich habe das ungute Gefühl, als hätten wir unsere Chancen, es jemals herauszufinden, gründlich vermasselt.«

Holly zuckt mit den Schultern. »Man kann nie wissen. Vielleicht läuft es morgen in der Schule ja besser. Wenn sie erst einmal die Gelegenheit hatte, darüber nachzudenken, was wir ihr erzählt haben, ist Eve vielleicht doch erleichtert, dass sie nicht allein ist.«

»Aber was, wenn wir vollkommen falschliegen? Was, wenn sie gar keine Hexe ist?« Mir krampft sich vor schlechtem Gewissen der Magen zusammen. »Dann sieht es doch so aus, als seien wir nur zu ihr gekommen, um uns über sie lustig zu machen.«

»Nein, dann sieht es eher aus, als seien wir *verrückt*«, widerspricht mir Holly. »Aber dieser Felsbrocken hat sich nicht von allein bewegt. Und denk doch nur mal daran, wie sich Izzy und die anderen Eve gegenüber verhalten haben, nachdem wir aus der Höhle entkommen sind. Wenn wir wirklich falschliegen, dann tun *sie* es auch.«

Wir schlendern langsam die Straße hinunter. Die untergehende Sonne glüht rot am Himmel.

»Wir müssen morgen in der Schule versuchen, es bei Eve wiedergutzumachen«, sage ich. »Wir können diese Sache nicht einfach auf sich beruhen lassen.«

»Keine Sorge.« Holly hakt sich bei mir unter. »Wir sind Silberhexen. Wir kriegen das schon hin.«

Als ich am nächsten Tag über die lange Kieseinfahrt zum Schulgebäude gehe, erwacht beim Anblick der Nester aus Krokussen, die sich wie leuchtende Farbspritzer über das Gras verteilen, neue Hoffnung in mir. In der Frühlingssonne sieht alles so wunderbar frisch und neu aus.

Aber dann entdecke ich Eve. Sie steht trotz des warmen Sonnenscheins in ihren dicken Wintermantel gehüllt und in sich zusammengesunken unter einem Baum. Ganz offensichtlich wartet sie bis zur letztmöglichen Sekunde, bevor sie das Schulhaus betritt. Ich fühle mich ganz furchtbar, weil das wahrscheinlich Hollys und meine Schuld ist. Ich würde so gerne zu ihr gehen und mich bei ihr entschuldigen, aber ich habe Angst, dass ich damit alles nur schlimmer mache. Ich beschließe, nichts ohne Holly zu unternehmen, und haste die Einfahrt hinauf.

In der ersten Stunde haben wir Erdkunde bei Mr Groddle – oder dem faschistischen Diktator, wie Holly ihn gerne nennt. Eve hat das Klassenzimmer kaum betreten, als Izzy sie sofort entdeckt.

»Hey, Eve, komm und setz dich zu uns.«

Holly und ich beobachten, wie sie zu den dreien in den hinteren Teil des Klassenzimmers trottet.

»Mist!«, murmelt Holly.

»Ruhe!«, bellt Mr Groddle und Holly lässt vor Schreck ihren Stift fallen. »Heute nehmen wir Felsformationen durch. Schlagt alle Seite einhundertachtundfünfzig in euren Büchern auf.« Alles, was Mr Groddle sagt, klingt wie eine Beleidigung. Selbst wenn er uns einfach nur eine Seitenzahl nennt, klingt es, als würde er eigentlich sagen: *Ich hasse euch, ihr dämlichen Kinder.*

»Gibt es ein Problem, Eve?« Mr Groddle funkelt Eve finster an, während sie mit glühenden Wangen ihre Schultasche durchwühlt.

»Ich … ich glaube, ich habe mein Buch vergessen«, stammelt sie.

»Glaubst du es nur oder hast du es vergessen?«, blafft Mr Groddle sie an.

»Ich habe es vergessen.« Eves Stimme ist kaum mehr als ein Flüstern.

Mr Groddle blickt über den Rand seiner Brille. »Wie war das?«

»Ich habe es vergessen«, wiederholt Eve ein wenig lauter.

Ich greife nach meinem eigenen Buch und will es ihr gerade geben.

»Schon in Ordnung, Sir«, säuselt Izzy da. »Eve kann bei mir mit reinschauen.«

Ich lege mein Buch wieder hin.

Mr Groddle seufzt, als sei er enttäuscht, dass er jetzt keinen Grund mehr hat weiterzubrüllen. »Gut, in Ordnung.«

Er wirft einen Blick auf seine Notizen und wendet sich dann wieder Eve zu. »Aber sorge dafür, dass das nicht noch einmal vorkommt!«

Eve nickt. Hinter der Brille sind ihre Augen vor Angst weit aufgerissen. Izzy schiebt ihr Buch ein Stück näher zu Eve, die ein leises Lächeln zustande bringt.

»Großartig«, flüstere ich Holly zu.

»Keine Sorge«, flüstert sie zurück. »Es gibt ja immer noch die Mittagspause.«

Doch in der Mittagspause betritt Eve umringt von Izzy, Vivien und Ben die Mensa. Sie kichern und plaudern mit ihr, als sei sie die Königin und die drei ihr Gefolge.

»Wie kann es sein, dass sie nicht erkennt, dass sie irgendwas im Schilde führen?«, fragt Holly und sticht verzweifelt durch den Deckel ihres Joghurtbechers. »Sie haben ihr monatelang das Leben zur Hölle gemacht. Wie kann sie jetzt nur mit ihnen rumhängen wollen?«

Ich muss wieder an meinen ersten Schultag in der Fairhollow High denken. Daran, wie Izzy und die anderen ständig an mir klebten. Damals war mir nicht klar, dass sie es nur taten, weil sie glaubten, ich könnte eine Hexe sein. Dass sie mir ihre Freundlichkeit nur vorspielten, genau wie sie es jetzt auch bei Eve tun. Ich sehe zu, wie sich Eve an den Tisch gegenüber von uns setzt. Obwohl Izzy und die anderen fröhlich lachen, liegt Eves Stirn in tiefen Falten, und sie schiebt immer wieder die Brille auf ihrer Nase hoch, so als sei sie nervös.

»Sie sieht nicht unbedingt glücklich aus«, sage ich zu Holly und öffne meine Essensbox. Tante Clara hat mir ein paar Reste von gestern Abend eingepackt: Couscous-Salat mit Butternusskürbis, eins meiner Lieblingsgerichte. Ich schiebe mir eine Gabel davon in den Mund und sehe, dass Izzy mich anstarrt. Aus ihrem Blick sprechen purer Hass und Boshaftigkeit. Plötzlich schmeckt mein Essen nach gar nichts mehr und mein Mund fühlt sich ganz trocken an. Ich stelle mir meine Tür vor und knalle sie zu, aber irgendwie dringen Izzys Gefühle trotzdem hindurch. Mit einem Mal ist mir richtig übel.

»Wäre es in Ordnung, wenn wir woanders essen?«, bitte ich Holly.

Sie blickt mich mit hochgezogenen Augenbrauen an. »Natürlich. Warum? Was ist denn los?«

Ich nicke kaum merklich in Izzys Richtung. »Ich glaube, ich kann ihre Gefühle spüren und mir ist schon richtig übel.«

»Oh nein.« Holly springt auf. »Komm, wir gehen in die Bibliothek.«

Ich stecke meine Box wieder in meine Tasche und stehe auf.

»Ihr geht schon?«, ruft Izzy uns nach. »Was ist denn los? Habt ihr neben eurem Sinn für Mode jetzt auch noch den Appetit verloren?« Sie fangen alle an zu lachen, und es klingt, als hätte jemand die Lautstärke in der Mensa voll aufgedreht. Bei jedem Besteckklappern, jedem Stuhlscharren und jedem hämischen Gackern von Izzy dreht sich mir der Magen um und meine Haut kribbelt am ganzen Körper.

Holly legt einen Arm um meine Schultern und schiebt mich sanft in Richtung Tür. »Komm«, flüstert sie mir ins Ohr, »wir verschwinden. Du wirst dich gleich besser fühlen, wenn wir erst mal von hier weg sind.«

»Ha, was für Loser«, ruft Ben uns hinterher.

»Ihr seid solche Freaks«, spuckt Vivien aus, als wir an ihnen vorbeigehen.

Ihr seid solche Freaks. Ihr seid solche Freaks. Ihr seid solche Freaks. Ihre Worte hallen in meinem Kopf nach. Alles woran ich denken kann, ist, von ihnen wegzukommen.

Holly führt mich direkt zum Treppenhaus am Ende des Korridors. Ich taumle die Stufen hinunter und schnappe draußen japsend nach frischer Luft, bis das Dröhnen in meinem Kopf allmählich nachlässt.

»Ich hasse sie!«, sagt Holly und geht wütend auf und ab. »Sie werden sich bei Eve einschleimen und sie dazu bringen, sich ihrer Penta anzuschließen, und dann …« Sie bricht ab und starrt mich entsetzt an. »Und dann sind sie nur noch eine Hexe von der Machtübernahme entfernt und wir einen Schritt davon, unsere Kräfte für immer zu verlieren.«

Ich lehne mich gegen die Wand und werde von Angst und Übelkeit erfüllt, die diesmal allein von mir selbst stammen.

8

»Es tut mir so leid.« Tante Clara steht hinter der Registrierkasse und sieht mich traurig an. »Aber würde es dir etwas ausmachen, heute die Buchsuche des Grauens zu übernehmen?«

Ich muss lachen. »Natürlich nicht.«

»Ich verspreche auch, dass ich es wiedergutmache«, versichert sie mir. »Ich backe dir so viele Rote-Bete-Brownies, wie du essen kannst.«

Es gab eine Zeit, in der ich Rote-Bete-Brownies in rauen Mengen als Drohung empfunden hätte, aber jetzt läuft mir bei der Aussicht darauf förmlich das Wasser im Munde zusammen. »Abgemacht.«

Ich ziehe mich in die erste Büchernische zurück und lasse den Blick über die Regale schweifen.

Es ist Samstag und wie üblich helfe ich Tante Clara im Buchladen. Bei der »Buchsuche des Grauens« müssen wir den ganzen Laden nach Büchern absuchen, die von Kunden ins falsche Regal gestellt wurden. Normalerweise hasse ich diese Aufgabe, aber heute bin ich froh, mich mit etwas so Monotonem beschäftigen zu können. Es wird mir dabei helfen, meine Gedanken zu ordnen.

In der vergangenen Woche kam ich mir in der Schule vor, als sei ich in einer kitschigen Fernsehserie mit Izzy, Vivien und Ben in den Hauptrollen gelandet – eine Serie mit dem Titel *Einschleimen bei Eve*. Außerdem hat Eve alles getan, um uns aus dem Weg zu gehen. Sie vermeidet es sogar, uns in die Augen zu schauen. Jedes Mal, wenn sie den Blick abwendet, versinke ich vor Scham beinahe im Boden, weil ich daran denken muss, wie wir sie zu Hause besucht haben und wie eigenartig wir ihr vorgekommen sein müssen.

Ich frage mich, ob sie Izzy und den anderen etwas davon erzählt hat. Ich stelle mir vor, wie Izzy und ihre Clique uns auslachen, und mir dreht sich der Magen um. Ich bin so froh, dass ich sie zwei Tage nicht sehen muss. Hoffentlich fällt mir in der Zwischenzeit etwas ein, um sie aufzuhalten.

Ich erspähe ein Buch über Buddhismus, das sich in der Astrologie-Abteilung versteckt, und empfinde einen Anflug von Befriedigung. Daran sieht man, wie schlimm meine Woche wirklich war – ich freue mich tatsächlich, weil ich ein falsch einsortiertes Buch entdecke. Im nächsten Moment klingelt die Glocke über der Ladentür. Der erste Kunde des Tages. Ich höre das leise Murmeln einer männlichen Stimme, die irgendetwas zu Tante Clara sagt, und widme mich wieder den Regalen. Wer hätte das gedacht, dass es so viele Bücher über Astrologie gibt?

»Nessa!«, ruft Tante Clara. »Könntest du bitte mal herkommen und unserem Kunden weiterhelfen?«

Ich seufze. Ausgerechnet jetzt, wo die Buchsuche des Grauens richtig in Schwung kommt. Aber als ich aus der Nische trete und sehe, um wen es sich bei dem Kunden handelt, macht mein Herz einen Satz: Noah. Er dreht sich zu mir um und grinst mich an.

Als Ellie, meine beste Freundin von zu Hause, Noah bei Tante Claras Silvesterparty gesehen hat – er hat in der Band gespielt –, hat sie ihm sofort den Spitznamen *Mister Absolut-mega-süß* verpasst, und den trägt er bei ihr noch heute. Er hat sein welliges schwarzes Haar zurückgekämmt, wodurch seine Wangenknochen noch mehr hervortreten, und trägt seine übliche Musikerkluft aus verblasster Jeans, abgewetzten Stiefeln und haufenweise Lederarmbändern am Handgelenk.

»Hey«, begrüßt er mich leise.

Tante Clara zwinkert mir wissend zu. Sie glaubt, dass Noah mich mag, weil er mir einmal, als wir im »Zimt & Zucker« waren – wo er arbeitet –, einen Nachtisch aufs Haus serviert hat. Was sie allerdings nicht weiß, ist, dass bei mir jedes Mal schwere Volltrotteligkeit ausbricht, wenn ich ihm begegne.

»Ja«, erwidere ich und versuche, lässig zu wirken, klinge stattdessen aber nur unhöflich. Womit meine Aussage von eben bewiesen wäre.

»Könntest du Noah die Reiseabteilung zeigen?«, bittet mich Tante Clara und bedenkt mich mit einem wissenden Grinsen.

»Ich suche Bücher über Asien«, erklärt er mir.

»Okay«, sage ich, und mein Gesicht beginnt zu glühen,

so als würde ich das Thema Asien wahnsinnig peinlich finden. Ich wende mich schnell ab, damit er es nicht bemerkt.

»Hier entlang, bitte.« Oh Gott. Jetzt höre ich mich an wie eine herablassende Fremdenführerin.

»Ich will vielleicht im Sommer dorthin«, fügt Noah hinzu.

»Das ist ja toll«, erwidere ich, diesmal mit viel zu großer Begeisterung, die nach purem Sarkasmus klingt. Was ist bloß mit mir los? »Bitte schön«, sage ich und präsentiere ihm mit einer ausladenden Geste die Reiseabteilung. »Viel Vergnügen.«

»Danke.« Noah geht an mir vorbei in die Nische.

Ich atme erleichtert aus, spüre jedoch ein Stechen des Bedauerns.

Er dreht sich noch einmal zu mir um. »Warst du schon mal in Asien?«

Aus irgendeinem Grund kommt mir ein Bild von mir und Noah in einer Hängematte liegend in den Sinn. Er spielt auf seiner Geige, ich auf meiner Gitarre. Es ist eine sehr große Hängematte.

»Nein!«, antworte ich mit fester Stimme und versuche, das Bild aus meinem Kopf zu verdrängen.

»Es muss so toll dort sein. Ich kann mich nicht entscheiden, ob ich lieber nach Indien oder nach Thailand will. Vielleicht mache ich ja beides.«

Jetzt sehe ich ein Bild von uns in einer Rikscha. Wieder spielen wir auf unseren Instrumenten, so als seien wir die Stars in einem extrem schlechten Bollywood-Film. Was ist bloß mit meiner Fantasie los? Warum muss sie nur so bescheuert sein? Noah grinst mich an. Verdammt sei sein mega-süßes Grübchen-Lächeln – ich habe schließlich Bücher zu sortieren.

»Ja, na ja, ich hoffe, du wirst dort sehr glücklich sein.«

Ernsthaft?!

Sein Grinsen wird breiter und er dadurch noch süßer, so als sei das eine aufgrund eines Naturgesetzes durch das andere bedingt. »Ist alles okay?«, erkundigt er sich.

»Ja. Ja, mir geht's gut.« Ich hole tief Luft und suche verzweifelt nach irgendetwas Normalem, das ich sagen kann. »Aber wie kommst du ausgerechnet auf Asien?« Na also, das ist doch schon viel besser.

»Mein älterer Bruder ist gerade dort. Er macht nach der Schule ein Jahr Freiwilligenarbeit. Ich hoffe, meine Eltern lassen mich tatsächlich alleine losziehen. Wir wollen zusammen ein paar Wochen rumreisen. Wusstest du, dass sie in Thailand bei jedem Vollmond diese unglaublichen Strandpartys feiern?«

Ich schüttle den Kopf.

»Touristen reisen aus aller Welt dorthin, um mitzufeiern.« Er blickt verträumt ins Leere.

»Klingt toll«, sage ich und stelle mir vor, wie wir bei Vollmond am Strand Musik machen.

Die Glocke über der Tür läutet. Ich drehe mich um – und bei dem Anblick bleibt mir das Herz stehen. Eves Mum betritt den Laden und schiebt einen Rollstuhl durch die Tür.

»Ich muss los«, sage ich hastig. »Tschüs.«

Noah starrt mich überrascht an. »Oh … okay.«

Ich eile ins Café im hinteren Teil des Ladens. Tante Clara steht hinter der Theke und füllt die Platte mit den vegetarischen Quiches auf.

»Ist alles in Ordnung?«, fragt sie.

»Ja. Nein. Ich erkläre es dir später. Ich brauche nur mal kurz eine Pause. Ich bin gleich wieder da.«

»Oh … okay«, erwidert sie, genauso verdutzt wie Noah.

Ich rase in die Küche und lehne mich gegen die Wand. Puh! Und ich dachte ernsthaft, die Arbeit im Laden würde mir ein bisschen Erholung von dem ganzen Drama in der Schule verschaffen! Was, wenn Eve ihrer Mum erzählt hat, was neulich passiert ist – und was wir zu ihr gesagt haben? Was, wenn sie hier ist, um sich bei Tante Clara zu beschweren oder mir die Leviten zu lesen? Oh mein Gott! Was, wenn sie mich zur Schnecke macht, weil ich einfach so in das Zimmer ihrer Tochter geplatzt bin und mich wie eine Verrückte aufgeführt habe – und das alles *vor Noah?!*

»Guten Morgen!«, höre ich Tante Clara. »Kann ich Ihnen behilflich sein?«

»Morgen«, erwidert Eves Mum. Ich halte den Atem an. »Könnten wir Getränke zum Mitnehmen bekommen, bitte?«

Ich entspanne mich etwas, frage mich jedoch, ob Eve bei ihnen ist.

»Natürlich«, antwortet Tante Clara. »Was darf es denn sein?«

»Ich hätte gerne einen Pfefferminztee, bitte«, antwortet Eves Mum. »Und was möchtest du, George?«

»Orangensaft, bitte«, höre ich einen jungen Mann antworten. Ich halte den Atem an. Er klingt eindeutig nicht wie ein Großvater.

»Und für mich bitte einen Ingwertee«, sagt eine Männerstimme. Ich vermute, dass sie Eves Dad gehört.

»Gerne.« Ich höre, wie Tante Clara die Pappbecher vom Regal hinter der Theke nimmt. Eve kann nicht bei ihnen sein. Ich atme erleichtert aus.

»Wie wär's, wenn George und ich uns unsere Fußballzeitschriften besorgen, während du auf die Getränke wartest?«, schlägt Eves Dad vor. »Wir treffen uns dann vor dem Zeitschriftenladen wieder.«

»In Ordnung«, erwidert Eves Mum.

Ich höre, wie George und sein Dad langsam durch den Laden verschwinden und ein paar Sekunden später klingelt die Türglocke.

»Sie sind die Harts, richtig?«, fragt Tante Clara.

Dampf zischt, als sie eines der Getränke zubereitet.

»Ja, richtig«, antwortet Eves Mum.

»Ich kannte Ihre Großmutter«, fügt Tante Clara hinzu. »Elizabeth. Sie war eng mit meiner Großmutter befreundet.«

»Wirklich?« Eves Mum klingt entspannt, sogar fröhlich. Ich atme erneut erleichtert aus. Eve kann ihr nicht erzählt haben, was passiert ist. Oder zumindest kann sie ihr nicht meinen Namen verraten haben oder dass ich mit Tante Clara verwandt bin.

»Ja. Sie sehen ihr sehr ähnlich, wissen Sie?«

Eves Mum lacht. »Das sagen mir alle, seit wir wieder hierhergezogen sind. Aber es ist schön. Ich kannte sie nicht besonders gut. Meine Eltern sind aus Fairhollow fortgegangen, als ich noch ganz klein war. Ich glaube, ich habe meine Großmutter nur ein paar Mal gesehen, bevor sie gestorben ist, deshalb sind meine Erinnerungen an sie ziemlich verschwommen.«

»Sie war ein reizender Mensch«, sagt Tante Clara. »Meine Großmutter hat immer sehr herzlich von ihr gesprochen.«

»Oh, das ist wirklich schön zu hören.«

»Was hat Sie denn wieder hierher zurück geführt?«, will Tante Clara wissen, und ich höre, wie der Wasserkocher erneut zischt.

»Na ja, nach dem, was mit George passiert ist, brauchten wir einfach einen Neuanfang. Und wir wollten wieder näher bei der Familie sein.« Die Stimme von Eves Mum wird immer leiser, während sie spricht.

»Oh, es tut mir so leid. Ich wollte nicht neugierig sein«, versichert Tante Clara hastig.

»Nein, nein, das ist schon in Ordnung. Es ist ja schließlich kein Geheimnis.«

Ich drehe mich mit dem Gesicht zur Cafétür und konzentriere meine komplette Aufmerksamkeit auf Tante Clara. *Frag sie, was passiert ist*, versuche ich, ihr zu übermitteln. *Frag sie, was mit George passiert ist.*

»Hier ist Ihr Tee«, sagt Tante Clara, und eine Sekunde lang frage ich mich, ob meine Fähigkeiten als Empathin versagt haben.

»Ich glaube, ich habe es passend«, erwidert Eves Mum.

Frag sie, was mit George passiert ist. Ich stelle mir vor, wie sich der Gedanke in Tante Claras Gehirn gräbt.

»Macht es Ihnen etwas aus, wenn ich Sie frage, wie es passiert ist?«, höre ich Tante Claras sanfte Stimme.

Ja! Ich lehne mich erleichtert gegen die Wand zurück.

»Nein, überhaupt nicht. Es war ein Autounfall. Einer von der Sorte, die man eigentlich gar nicht für möglich halten würde. Sie wissen schon, einer dieser Unfälle, von denen man manchmal in der Zeitung liest und die sich einfach nicht erklären lassen. Wir waren auf dem Weg in den Campingurlaub, mit unserem Wohnwagen. Alles war völlig normal. Bill, mein Mann, hat zur Musik aus dem Radio gesungen. Eve hat wegen irgendetwas geschmollt. Und dann ist plötzlich einer dieser riesigen Telefonmasten umgekippt, auf den Wagen gekracht und hat Georges Beine zertrümmert. Wir anderen sind vollkommen unverletzt davongekommen. Na ja, zumindest körperlich. Ich glaube, das Ganze hat Eve, meine Tochter, schwer traumatisiert. Sie saß mit George auf dem Rücksitz. Sie hat alles aus nächster Nähe mitangesehen. Es hätte ebenso gut auch sie treffen können.«

»Das tut mir so leid«, sagt Tante Clara.

»Danke. Es war wirklich eine schwere Zeit. Die Ärzte sind sich nicht sicher, ob er jemals wieder wird gehen können.«

Ich höre das Rascheln einer Papiertüte.

»Hier, die Brownies gehen aufs Haus«, sagt Tante Clara. »Für Sie und Ihre Kinder.«

»Oh nein, das kann ich nicht annehmen.«

»Doch, ich bestehe darauf. Und die Getränke sind auch kostenlos.«

»Nein, wirklich, ich habe Ihnen das doch nicht erzählt, um –«

»Das weiß ich doch«, unterbricht Tante Clara sie. »Aber ich möchte es gerne. Und unsere Großmütter hätten es auch so gewollt.«

Eves Mum lacht. »Das ist wirklich furchtbar nett von Ihnen. Danke.«

»Sehr gerne. Ich hoffe, wir sehen uns bald wieder.«

»Oh, ganz bestimmt«, erwidert Eves Mum.

Während sich die beiden voneinander verabschieden, lasse ich diese letzte Information sacken. Der Flashback, den ich in Eves Zimmer hatte, muss etwas mit diesem Unfall zu tun gehabt haben. Die entsetzliche Angst, die sie gespürt hat, als der Telefonmast auf sie herabstürzte. Ihr durchdringender Schrei: »George!« Aber warum habe ich mich schuldig gefühlt? Warum hat *Eve* sich schuldig gefühlt?

Ich verspüre das überwältigende Bedürfnis, mich mit Holly zu treffen und ihr zu erzählen, was passiert ist, aber sie ist mit ihren Eltern übers Wochenende weggefahren.

»Hey, Clara, könnte ich das hier bitte bezahlen?« Noahs Stimme reißt mich zurück in die Wirklichkeit.

»Natürlich«, antwortet Tante Clara. »Dann fliegst du also nach Thailand, ja?«

»Ich hoffe es.«

Ich spüre einen Anflug von Kummer und ermahne mich sofort selbst, nicht so gefühlsduselig zu sein. Ich habe im Augenblick wirklich wichtigere Sorgen als Noah, der ohne mich in Thailand bei Vollmond am Strand tanzt.

»Oh, könnte ich dich vielleicht noch um einen Gefallen bitten?«, fragt er.

»Ja, natürlich«, antwortet Tante Clara.

»Wir suchen für Blue Harbour einen neuen Gitarristen. Wäre es in Ordnung, wenn ich deswegen ein paar von diesen Flyern auf der Theke auslege?«

Ein aufgeregtes Kribbeln jagt durch meinen Körper, als ich mich daran erinnere, wie Blue Harbour an Silvester im »Paper Soul« gespielt haben und ich sie bei einem Song auf der Gitarre begleitet habe. Es war wirklich super. Ein Bild von Noah und mir, wie wir zusammen in der Band spielen, taucht vor meinem inneren Auge auf – und im Gegensatz von meinen Hängematten-, Rikscha- und Strandpartys-bei-Vollmond-Fantasien kommt es mir so vor, als könnte diese hier tatsächlich Wirklichkeit werden.

9

Am Montag betrete ich mit dem festen Vorsatz, dass diese Woche besser werden wird als die letzte, das Klassenzimmer. Nach zwei Tagen ohne Izzy, Vivien und Ben fühle ich mich wieder stärker. Ich kann sie noch nirgends entdecken – ebenso wenig wie Eve –, aber Holly sitzt an ihrem üblichen Platz, die Nase in ein Buch vertieft. Ich eile zu ihr, lasse meine Tasche auf den Boden fallen und setze mich neben sie.

»Oh, es ist so schön, dich zu sehen!«, ruft sie aus und klappt ihr Buch zu. »Ich hatte mit meinen Eltern ein schreckliches Wochenende.«

»Du hast doch nicht das Hotel in die Luft gejagt, oder?«, frage ich grinsend. Holly hatte ein paar unglückliche Zwischenfälle mit Elektrogeräten, seit ihre Kräfte als Energie-Bündlerin erwacht sind.

»Nein. Aber ich wünschte, ich hätte es. Dann wäre wenigstens was Interessantes passiert. Ich weiß nicht, warum sie mich unbedingt mitschleppen mussten. Sie haben die ganze Zeit nur über ihre Arbeit gejammert. Svetlanas Vater sollte sich lieber beeilen und bald wieder gesund werden.«

Svetlana ist Hollys Au-pair. Ihr Vater hatte vor ein paar Wochen einen Herzinfarkt, deshalb ist sie nach Russland zurückgeflogen, um sich um ihn zu kümmern.

»Wie dem auch sei … Was wolltest du mir erzählen?«

Ich hatte Holly am Samstag eine Nachricht geschickt, um ihr zu sagen, dass ich ihr etwas Wichtiges zu berichten habe. Ich wollte ihr keine Details über Eve schreiben, nur für den Fall, dass Hollys Eltern ihr Handy kontrollieren. Ich blicke mich im Klassenzimmer um. Unsere Mitschüler trudeln einer nach dem anderen ein, aber es gibt immer noch kein Anzeichen von Izzy, Vivien und Ben oder von Eve.

»Eves Mum war am Samstag im Paper Soul«, flüstere ich.

Holly reißt die Augen auf. »Ist nicht dein Ernst! Was hat sie gesagt? Hat sie Clara erzählt, dass wir bei ihnen zu Hause waren? Hat sie dich angebrüllt?«

Ich schüttle den Kopf. »Nein, sie wollte nur was trinken. Ich konnte noch rechtzeitig in die Küche fliehen, bevor sie mich gesehen hat. Ich glaube auch nicht, dass sie weiß, dass ich mit Tante Clara verwandt bin. Wie auch immer: Stell dir vor, George ist gar nicht Eves Großvater – er ist ihr Bruder.«

»Ihr Bruder? Aber … warum braucht er dann einen Treppenlift?«

»Er wurde bei einem Autounfall verletzt.«

»Woher weißt du das?«

»Ich habe Tante Clara dazu gebracht, Eves Mum danach zu fragen.«

Holly runzelt die Stirn. »Du hast sie dazu gebracht? Wie denn?«

»Mit meinen Empathen-Kräften.«

»Das ist nicht dein Ernst!« Holly wirkt richtig aufgeregt. »Du weißt, was das bedeutet, oder?«

»Was?«

»Du musst mir keine Nachrichten mehr schicken. Du kannst sie direkt in mein Hirn senden!«

»Um ehrlich zu sein, glaube ich nicht, dass ich dafür schon gut genug bin. Aber ist ja auch egal, das war nämlich noch nicht alles. Du errätst nie, was Eves Mum Tante Clara noch erzählt hat.«

»Was?«, schreit Holly praktisch und ein paar unserer Klassenkameraden starren uns an.

»Schhh!« Ich lehne mich noch näher zu ihr. »Es war einer dieser total verrückten Unfälle. Sie waren mit dem Auto unterwegs, als plötzlich ein riesiger Telefonmast auf den Wagen geknallt ist.«

»Du machst Witze.«

»Nein. Anscheinend waren sie auf dem Weg in den Urlaub und alles war ganz normal. Eves Dad hat gesungen und Eve hat wegen irgendwas geschmollt, und dann ist aus dem Nichts plötzlich dieser Mast auf ihr Auto gekracht. Kein Wunder, dass ich bei dem Flashback solche Angst gespürt habe – es muss grauenvoll gewesen sein.«

Holly nickt. Dann runzelt sie die Stirn. »Warte mal, was hast du gerade über Eve gesagt?«

»Sie hatte einen Autounfall.«

»Nein, was hat sie im Auto gemacht?«

»Sie hat gesungen. Oh nein, das war ihr Dad. Sie hat geschmollt.«

»Genau. Sie hat geschmollt, und dann – peng! – kracht aus dem Nichts ein Telefonmast auf sie runter.«

»Was willst du damit sagen?«

»Ich will damit sagen, wenn sie wirklich telekinetisch ist, hat *sie* den Telefonmast vielleicht umkippen lassen.«

Ich starre Holly an. »Was, absichtlich?«

»Nein! Aber du weißt doch, wie es ist, wenn deine Kräfte gerade erwacht sind. Du weißt, wie schwer es ist, sie zu kontrollieren. Schau dir doch nur mal an, wie viele Elektrogeräte ich schon in die Luft gejagt habe. Und was ist mit der Sache beim Schulball, als du Izzy umgeworfen hast?«

Ich nicke. »Und als du die Straßenlaterne zum Explodieren gebracht hast, nur weil du dich dagegengelehnt hast.«

»Ganz genau. Was, wenn Eve das Gleiche passiert ist? Vielleicht waren ihre Kräfte damals erst frisch erwacht. Vielleicht wusste sie gar nicht, was los war, geschweige denn, wie sie sie kontrollieren soll.«

»Eve hat wegen irgendetwas geschmollt.« Die Worte von Eves Mum hallen in meinem Kopf wider und mir jagt ein eiskalter Schauer über den Rücken. Hat Eve durch ihre schlechte Laune wirklich aus Versehen den Telefonmast auf das Auto kippen lassen? Dann setzt sich plötzlich ein weiteres Puzzleteil an seinen Platz.

»Das würde auch erklären, warum sie sich so schuldig fühlt. Erinnerst du dich noch? Als ich den Flashback hatte, habe ich nicht nur ihre Todesangst, sondern auch ihre Schuldgefühle gespürt.«

»Wow!« Holly schüttelt den Kopf. »Wenn das wirklich so passiert ist, dann sind ihre Kräfte echt der Wahnsinn.«

»Ich weiß. Und denk nur mal darüber nach, was passieren wird, wenn sie sich den Bluthexen anschließt – wie viel Schaden sie dann anrichten könnte.«

Genau in diesem Moment schlurft Eve mit gesenktem Kopf durch die Tür. Sie wirkt so in sich gekehrt und schüchtern, dass der Gedanke völlig verrückt wirkt, sie könnte riesige Telefonmasten umstürzen lassen oder dicke Felsbrocken dazu bringen, sich zu bewegen.

»Und wenn sie den Unfall wirklich verursacht hat«, fährt Holly fort und bemerkt gar nicht, dass Eve direkt hinter ihr steht, »wenn sie das ihrem Bruder wirklich angetan hat, dann muss sie sich deswegen ganz schrecklich fühlen.«

Ich sehe, wie Eve zusammenzuckt, bevor sie hastig zum am weitesten entfernt stehenden Pult davonhuscht.

»Ich glaube, sie hat dich gehört«, zische ich Holly an.

Holly schnappt erschrocken nach Luft und blickt über ihre Schulter hinweg zu Eve, die sie anfunkelt und dann den Blick abwendet. »Sie hasst uns«, sagt Holly traurig.

In der Mittagspause beschließen Holly und ich, die Mensa zu meiden und unsere Sandwiches draußen auf dem Rasen zu essen. Ich hatte im Unterricht den ganzen Morgen ein flaues Gefühl im Magen, was, wie ich vermute, damit zu tun hatte, dass Izzy wieder in meiner Nähe war. Doch als wir uns unter einem Baum niederlassen, wird das Gefühl noch stärker.

»Bist du …? Ist alles okay?«, erkundige ich mich, weil ich mich frage, ob ich vielleicht irgendetwas von Holly einfange.

»Ja, mir geht's gut«, antwortet sie und wickelt ihr Wurstbrötchen aus.

Ich greife in meine Tasche und sehe einen der Flyer für Noahs Band, die er bei uns im Laden ausgelegt hat. Ich habe ihn mitgebracht, um ihn Holly zu zeigen.

»Schau mal«, sage ich und reiche ihn ihr.

Sie überfliegt ihn.

»Ich will da vorspielen.«

»Oh, wow, das ist echt cool«, erwidert sie und ihre braunen Augen leuchten.

»Das ist … äh … die Band, in der Noah spielt. Du weißt schon, der Typ aus dem Zimt & Zucker.«

Hollys Lächeln verblasst sofort wieder. »Oh.« Sie gibt mir den Flyer zurück und beißt in ihr Brötchen.

»Was ist denn los?«

»Gar nichts.« Aber sie kann mich nicht mal anschauen.

»Ich dachte, du würdest dich für mich freuen. Du weißt doch, wie sehr ich Gitarrespielen liebe.«

»Ja, und ich weiß auch, wie sehr du Noah liebst.« Holly klingt richtig verbittert.

»Was? Was soll das denn?« Ich betrachte ihr Gesicht. Es sieht Holly überhaupt nicht ähnlich, sich so aufzuführen. Könnte sie vielleicht eifersüchtig sein?

»Wie viel weißt du überhaupt über ihn, Nessa?«

Ich zucke mit den Schultern. »Nicht viel. Er ist in der Zehnten. Er geht auf die Newbridge High. Er will nach Thailand in den Urlaub. Warum?«

»Ich weiß es auch nicht.« Holly beginnt, Grashalme auszureißen. »Er hat irgendetwas an sich, das mich ein bisschen beunruhigt.«

»Was denn?«

»Keine Ahnung. Du bist die Empathin. Hast du bei ihm schon mal irgendwas gespürt?«

Ich schüttle den Kopf. Erneut spüre ich ein starkes Unwohlsein, und diesmal bin ich mir sicher, dass es von Holly stammt. Ich kann praktisch sehen, wie es in Wellen aus ihr herausschwappt.

»Was ist denn los, Holly? Ich weiß doch, dass dich irgendetwas stresst. Ich kann es fühlen.«

Holly stößt ein dramatisches Seufzen aus. »Oh, welch ein Glück, dass ich mit einer Empathin befreundet bin!«

Wir lachen beide.

»Es ist wegen Svetlana«, sagt sie schließlich. »Ihrem Dad geht es schlechter und sie kommt diese Woche noch nicht wieder zurück. Mum hat mir eine Nachricht geschickt, als wir Mathe hatten. Sie meinte, ich muss nächste Woche vielleicht wieder mit ihr und Dad wegfahren. Sie haben irgendeinen wichtigen Fall in London übernommen.«

»Das ist nicht dein Ernst!«

»Das ist mein voller Ernst. Mein Leben ist echt Mist.«

Ich stecke den Flyer wieder in meine Tasche. Das muss auch der Grund sein, warum Holly wegen Noah so komisch reagiert hat. Sie ist wegen ihrer Eltern gestresst. Ich empfinde eine seltsame Mischung aus Traurigkeit und Erleichterung. Erleichterung, weil sie immerhin nicht eifersüchtig ist – und Traurigkeit, weil sie vielleicht wieder fortmuss.

10

Normalerweise ist Musik mein Lieblingsfach – heute allerdings nicht. Izzy, Vivien und Ben haben den Unterricht in eine besonders peinliche Folge von *Einschleimen bei Eve* verwandelt.

»Oh mein Gott, du bist wirklich eine unglaublich gute Flötenspielerin!«, sprudelt Izzy vor Begeisterung förmlich über, während Eve mit ihrem durchdringenden Pfeifen beinahe dafür sorgt, dass wir alle taub werden.

»Flötistin«, grummelt Holly und schlägt wenig enthusiastisch auf ein Tamburin.

»Was?«, fragt Izzy eiskalt.

»Sie ist eine unglaubliche *Flötistin*«, wiederholt Holly, diesmal lauter. »Das ist der Fachbegriff für eine Flötenspielerin. Wie Gitarristin.«

»Klugscheißer«, spuckt Ben aus und hämmert unmelodisch auf dem Xylofon vor ihm herum.

Eve läuft knallrot an und lässt die Flöte sinken.

»Spiel weiter, Eve«, fordert Izzy sie freundlich auf. »Lass dich von denen nicht aus der Ruhe bringen.«

»Wie bringen *wir* sie denn aus der Ruhe?«, fragt Holly gereizt.

»Mach schon, du bist wirklich gut«, fügt Izzy ermunternd hinzu.

Eve lächelt Izzy an.

»Lass es gut sein«, flüstere ich Holly zu. Izzy scheint uns sowieso jedes einzelne Wort im Mund umzudrehen.

»Gut, haben jetzt alle ein Instrument?«, fragt unser Musiklehrer, Mr Graham, als er wieder ins Klassenzimmer zurückkommt und die Tür hinter sich schließt.

»Kann ich das Xylofon gegen die Bongos tauschen, Sir?«, ruft Ben.

»Nein, Ben. Wir müssen jetzt wirklich weitermachen.« Mr Graham beginnt, Notenblätter zu verteilen. »Außerdem sind die Bongos ganz hinten im Schrank.«

»Nein, Sir, sind sie nicht«, widerspricht Ben ihm hochnäsig. »Sie sind hier.«

Ich drehe mich um und sehe die Bongos vor Ben auf dem Tisch liegen. Ich werfe Holly einen Blick zu.

»Phantom«, flüstern wir beide, weil wir sofort kapiert haben, was hier los ist.

»Was? Aber ich dachte …« Mr Graham kratzt sich ungläubig am Kopf. »Ich hätte schwören können, dass die Bongos immer noch im Schrank stehen.«

Vivien steht auf und kommt zu uns an den Tisch. Mein ganzer Körper spannt sich an, als sie nach einer Blockflöte greift und sich dann nach unten beugt, als würde sie an ihrem Schuh herumfingern. »Sie werden wohl langsam alt und senil, Sir«, sagt sie – aber sie tut es mit meiner Stimme.

Ich stoße sie instinktiv von mir weg und sie kippt auf die Seite.

»Nessa!«, ruft Mr Graham aus. »Ich weiß zwar nicht, was zu deinem unverschämten Ausbruch geführt hat, aber darüber kannst du heute Nachmittag beim Nachsitzen in aller Ruhe nachdenken.«

»Aber, Sir …« Ich sehe, wie Eve mich voller Entsetzen anstarrt, und mir wird ganz übel. Sie muss mich für vollkommen verrückt halten.

»Aber gar nichts. Können wir dann jetzt bitte mit dem Unterricht fortfahren?«

Während die schlechteste Version von *Yesterday*, die die Welt je gehört hat, durch das Klassenzimmer dröhnt, kocht angesichts dieser schreienden Ungerechtigkeit die Wut in mir hoch. Es ist nicht fair, dass die Bluthexen immer mit allem davonkommen und wir Silberhexen uns überhaupt nicht wehren können, weil wir unsere Kräfte nur einsetzen dürfen, um Gutes zu tun. Es ist schon schlimm genug, dass sie nur noch zwei Hexen brauchen, um ihre Penta zu vollenden – eine, falls Eve sich ihnen tatsächlich anschließt. Der krachende Lärm im Musikzimmer schwillt immer weiter an, ebenso wie meine Angst.

»Keine Sorge«, flüstert mir Holly ins Ohr. »Du kannst nach dem Nachsitzen trotzdem noch zu mir nach Hause kommen und wir feilen weiter an unseren Kräften. Ich bin mir sicher, dass es nicht mehr lange dauert, bis ich Feuer machen kann.«

»Ich kann nach dem Nachsitzen nicht zu dir kommen«, flüstere ich zurück. »Ich muss sofort nach Hause und für das Vorspielen üben.«

Holly entgleisen die Gesichtszüge und sie schlägt wie wild auf ihr Tamburin. Großartig, jetzt habe ich auch noch meine beste Freundin wütend gemacht. Der heutige Tag könnte wohl kaum *noch* schlechter laufen.

Als ich nach dem Unterricht zum Nachsitzen trotte, stelle ich überrascht fest, dass Eve ebenfalls dort sitzt.

»Hi«, sage ich und setze mich an das Pult neben ihr.

Sie nickt mir zu. »Hi.«

Wenigstens ignoriert sie mich nicht mehr.

»Warum bist du denn hier?«, frage ich.

»Ich habe Sport geschwänzt«, murmelt sie. »Ich hasse Sport.«

»Ich auch«, stimme ich ihr hastig zu, obwohl das gar nicht wahr ist. Aber im Augenblick würde ich alles tun oder sagen, damit Eve mich nicht mehr für eine durchgeknallte Irre hält.

Die Lehrerin betritt den Raum und wir holen beide unsere Hausaufgabenmappe heraus.

Ich starre auf meinen halb fertigen Geschichtsaufsatz hinunter, aber er könnte ebenso gut auf Japanisch sein. Alles, woran ich denken kann, ist Eve. Ich muss ihre Gefühle lesen und versuchen, irgendetwas herauszufinden. Ich schließe die Augen und konzentriere mich voll und ganz auf sie. Ich stelle mir vor, wie eine riesige Tür in meinem Kopf aufschwingt, und empfinde eine Art inneren Frieden, beinahe so etwas wie Glück. Es fühlt sich ganz anders an als ihr Innenleben während der Klassenfahrt.

Mir wird richtig schwer ums Herz, als mir bewusst wird, warum. Es muss an ihrer Freundschaft mit Izzy und den anderen liegen. Ich erinnere mich wieder daran, wie dankbar ich selbst war, als sie sich damals mit mir anfreunden wollten – bevor mir klar wurde, dass sie in Wahrheit nur böse und falsch sind. Eve war in der Schule so lange allein, dass es kein Wunder ist, dass sie über ihre neuen Freunde glücklich ist. Aber was kann ich dagegen tun? Ich kann ihr wohl kaum die Wahrheit sagen. Nicht nach dem, was beim letzten Mal passiert ist.

Ich hole tief Luft und versuche, irgendeinen Hinweis darauf aufzufangen, dass Eve vorhat, sich den Bluthexen anzuschließen. Aber alles, was ich empfange, ist fröhliche Leichtigkeit. Immerhin etwas. Eve mag vielleicht glücklich sein, dass Izzy, Vivien und Ben sich mit ihr angefreundet haben, aber wie es scheint, haben sie ihr noch nicht offenbart, wer sie wirklich sind. Sie würde hoffentlich anders empfinden, wenn sie wüsste, was in Wahrheit hinter ihrer falschen Freundschaft steckt.

11

Hast du Zeit zu plaudern? lol

Als ich die Nachricht von meinem Dad lese, kann ich mir ein Lächeln nicht verkneifen. Ganz gleich, wie oft ich ihm sage, dass lol »laughing out loud« bedeutet, er glaubt immer noch, es stünde für »lots of love«.

Ja! Ich bin gerade auf dem Sprung, aber wenn du mich jetzt anrufst, kann ich dich mitnehmen. lol

Ich packe meine Gitarre in ihre Hülle, hieve sie mir über die Schulter, schließe die Ladentür hinter mir und gehe die Hauptstraße hinunter. Die Luft hier draußen fühlt sich klebrig und feucht an, so als würde sich ein Sturm zusammenbrauen. Ich blicke in den Himmel empor. Er sieht seltsam aus, irgendwie gelblich weiß. Mein Handy spielt *Hey Jude*, der Klingelton für meinen Dad. Es ist sein Lieblingslied. Ich brauche höchstens eine Sekunde, um dranzugehen.

»Hi, Dad.«

»Hallo!«, erwidert er. Seine Stimme klingt leise und knistert ein bisschen.

Ich verdränge die schmerzvolle Sehnsucht, die in mir aufsteigt, als ich daran denke, wie lange ich ihn schon nicht mehr gesehen habe.

»Na, wie läuft deine Woche so?«, will er wissen.

»Super. Ich bin gerade auf dem Weg zu einem Vorspielen für eine Band.«

»Tut mir leid, wir wurden kurz unterbrochen. Hast du gerade Fangen spielen gesagt?«

»Nein, Vorspielen«, wiederhole ich laut und eine an mir vorbeigehende Frau starrt mich irritiert an. »Ich spiele für eine Band vor.«

Es folgt sekundenlanges Schweigen, und ich bin mir nicht sicher, ob es nur an der Zeitverzögerung liegt oder daran, dass es meinem Dad vor Schreck die Sprache verschlagen hat.

»Das ist ja fantastisch!«, ruft er dann aus, und diesmal ist seine Stimme glasklar. »Was denn für eine Band?«

»Sie spielen eine Mischung aus Folk und Rock. Sie würden dir gefallen. Es ist dieselbe Band, die an Silvester bei Tante Claras Party im Paper Soul gespielt hat. Weißt du noch, ich hab dir doch von ihnen erzählt?«

»Natürlich erinnere ich mich.« Wieder folgt ein Moment der Stille. »Du hast *Hey Jude* mit ihnen gespielt, stimmt's? Ich wünschte, ich hätte dabei sein können.«

Wieder spüre ich ein kummervolles Stechen. »Ich auch. Ich vermisse dich, Dad.«

»Ich vermisse dich auch, Ness.«

»Aber wenn ich es in die Band schaffe, dann kannst du zu einem Konzert kommen, wenn du in deinem nächsten Urlaub nach Hause kommst.«

Ich überquere die Straße und gehe dann weiter geradeaus, vorbei an dem Gemüsehändler, der geschäftig Kisten mit Obst und Gemüse in seinen Laden schleppt.

»Das wäre toll«, erwidert Dad und klingt schon wieder viel fröhlicher. »Hab ich dir eigentlich erzählt, dass ich auch mal in einer Band war?«

»Nein! Wann denn?«

»In der High School. Wir hießen Malcolm and the Muppets. Ich war einer der Muppets.« Er lacht herzlich.

»Das ist nicht dein Ernst!« Mir fallen die Fotos von Dad als Teenager wieder ein, die ich mal gesehen habe: Dad mit langen Haaren und seltsamen Klamotten, wie er E-Gitarre in einer Band spielt. »Das ist echt cool.«

»Ja, das war es. Bis Malcolm beschlossen hat, dass er lieber Schauspieler als Leadsänger sein wollte, und einer der Muppets wegen seiner Verpflichtungen bei den Pfadfindern die Band verlassen musste. Echt Rock 'n' Roll, Mann!«

Ich muss lachen und wohlige Wärme strömt durch meinen ganzen Körper. Es ist ein so schönes Gefühl, mit Dad herumzualbern. Wie in den guten alten Zeiten, als wir zusammen in London gelebt haben. Dann sehe ich den Musikladen vor mir und meine Nerven beginnen ein wenig zu flattern.

»Okay, Dad, ich muss jetzt auflegen. Ich bin fast da.«

»Jetzt schon? Das ging ja fix!«

»Na ja, so ist das eben in einer Kleinstadt. Man ist in ungefähr fünf Minuten so ziemlich überall.«

»Ha, ganz im Gegensatz zu London, was?«

»Ja, ganz im Gegensatz zu London.« Aber als ich die Worte ausspreche, empfinde ich nicht mehr dasselbe Heimweh wie früher. Ich bleibe vor dem Musikladen stehen. Die Lichter im Schaufenster sind aus, aber ich kann sehen, dass im hinteren Teil des Ladens Leute sind.

»Okay, der Moment der Wahrheit«, sage ich und öffne die Tür. »Wünsch mir Glück.«

»Viel Glück, Ness«, erwidert Dad. »Zeig's ihnen.«

Ich gehe direkt nach hinten durch, nervös, aber glücklich. Nach dem Telefonat mit Dad habe ich das Gefühl, dass er immer noch hier bei mir ist. Außerdem ist es einfach schön, ausnahmsweise auch mal über etwas ganz Normales zu reden. Ich bin froh, dass Dad nicht weiß, dass ich eine Hexe bin. Doch das warme Glühen in mir erlischt sofort, als ich Vivien sehe. Sie sitzt auf einem Stuhl vor der improvisierten Bühne und ist mit einem dunkelhaarigen Typen in ein Gespräch vertieft. Der Typ hat eine Gitarre in der Hand. Außerdem sehe ich ein Mädchen im Grufti-Look neben ihnen sitzen. Sie ist ungefähr in Noahs Alter, mit langen bordeauxroten Haaren, und stimmt die Saiten ihrer Gitarre. Neben ihr sitzt ein Junge aus der Stufe über mir, der sich mit Noah unterhält.

»Hallo! Ich bin Daniel.« Ein Typ mit einem zerfledderten Notizbuch und einem Kugelschreiber in der Hand kommt auf mich zu. Ich erkenne ihn sofort als den Frontmann der Band. »Bist du wegen des Vorspielens hier?«

Ich nicke nur, weil ich kein Wort herausbringe und nichts anderes denken kann als: *Warum ist Vivien hier?*

»Sagst du mir deinen Namen?«, bittet mich Daniel.

»Meinen was?« Ich glotze ihn nur an.

»Deinen Namen?«

»Oh, ja, tut mir leid. Nessa.« Wieso spielt Vivien für die Band vor? Im Musikunterricht habe ich sie noch nie Gitarre spielen sehen.

Daniel runzelt die Stirn. »Warte mal, kenne ich dich nicht von irgendwoher?«

Ich nicke. »Ja. Ich habe bei der Silvesterparty meiner Tante mit euch gespielt.«

Seine Augen beginnen zu leuchten. »Du bist Claras Nichte?«

»Ja.«

»Jetzt erinnere ich mich wieder. Du warst großartig! Okay, ich brauche nur noch ein paar Kleinigkeiten. Wie alt bist du?«

»Dreizehn.« Als ich es ausspreche, klingt es furchtbar jung, aber ich hoffe einfach, dass es keine Rolle spielt.

»Ehrlich? Wow, du siehst älter aus. Okay, spitze.« Daniel deutet auf den Stuhlhalbkreis. »Setz dich, wir legen dann gleich los.«

Die einzigen leeren Plätze sind der Stuhl neben Vivien und einer am anderen Ende des Halbkreises, neben Noah. Ich steuere auf Noah zu. Vivien hebt den Blick, und als sie mich bemerkt, spüre ich, wie sich ihr Hass wie eisiger Nebel im ganzen Raum ausbreitet. Ich blocke ihn schnell ab. Ich werde auf keinen Fall zulassen, dass sie mir mein Vorspielen versaut.

»Oh, hi, Nessa«, begrüßt mich Noah und dreht sich zu mir um. »Ich habe gehofft, dass du kommst.«

»Hast du?«

»Ja. Ich wollte dich schon am Samstag im Laden fragen, ob du Lust hast, bevor du urplötzlich verschwunden bist.«

»Ja, äh, tut mir leid. Ich hatte noch was … ähm … Dringendes in der Küche zu erledigen.« Oh Gott, erschieß mich sofort.

Doch bevor ich mich noch mehr zum Affen machen kann, kommt glücklicherweise Daniel zu uns und baut sich vor uns auf.

»Danke, dass ihr alle hergekommen seid, Leute«, beginnt er. »Dann wollen wir mal loslegen.« Er wirft einen Blick auf sein Notizbuch. »Den Anfang macht Marcus Decker, wenn das in Ordnung ist?«

Der dunkelhaarige Typ neben Vivien steht auf und sie reicht ihm die Gitarre. Plötzlich wird mir alles klar. Decker ist Viviens Nachname. Marcus muss ihr Bruder sein. Und jetzt, wo er vor mir steht, kann ich die Familienähnlichkeit eindeutig erkennen. Er hat die gleiche lange Nase und den gleichen eckigen Kiefer. Ich atme erleichtert aus. Vivien ist wahrscheinlich nur mitgekommen, um ihn moralisch zu unterstützen – auch wenn die Vorstellung, dass Vivien irgendjemanden unterstützt, vollkommen lächerlich ist.

»Ist es okay, wenn ich auch singe?«, fragt Marcus Daniel. »Ich meine, ich weiß natürlich, dass du der Leadsänger bist und so, aber ich dachte, nur für den Fall, dass ich mal die Hintergrundstimme singen soll, du weißt schon.«

»Sicher«, antwortet Daniel und setzt sich neben mich. »Schieß los.«

Als Marcus in die Saiten haut, kommt mir ein schrecklicher Gedanke. Was, wenn er auch ein Bluthexer ist?

Marcus beginnt zu singen – es könnte allerdings auch ein Heulen sein, das lässt sich unmöglich mit Sicherheit sagen. Ich beiße die Zähne zusammen und widerstehe dem Drang, mir die Ohren zuzuhalten. Wenn er wirklich ein Hexer ist, dann ist er auf keinen Fall ein Mime. Wenn er sich jede Stimme der Welt aussuchen könnte, warum sollte er dann freiwillig wie eine strangulierte Katze klingen? An der Gitarre ist er auch nicht viel besser. Es kommt mir vor, als sei es ihm viel wichtiger, wie er aussieht, und nicht, wie er klingt. Er wirft den Kopf in den Nacken und schrammelt sinnlos auf den Saiten herum.

Ich sehe, wie Daniel Noah einen Blick zuwirft und dann zu den anderen Bandmitgliedern hinüberschaut, die an der Wand stehen. Er wirkt nicht sonderlich beeindruckt. Keiner von ihnen tut das. Aber was, wenn Marcus irgendwelche anderen Kräfte hat? Ich denke wieder an alles, was Tante Clara Holly und mir über die Familien der Bluthexen erzählt hat. Viviens Vater war kein Hexer. Er hat die Familie verlassen, als Vivien noch ganz klein war. Das Hexen-Gen kann aber nur innerhalb desselben Geschlechts vererbt werden. Ich atme erleichtert aus und schaue Vivien an. Sie starrt auf den Boden hinunter. Könnte es sein, dass ihr das Ganze tatsächlich peinlich ist?

Dann ist Marcus endlich fertig, aber meine Ohren klingeln immer noch.

»Okay. Danke, Marcus«, sagt Daniel. »Das war auf jeden Fall … mal was anderes.«

Auf jeden Fall mal was anderes. Das ist eine der besten ausweichenden Bemerkungen, die ich je gehört habe.

Meine Nerven flattern ein wenig, als Daniel wieder auf sein Notizbuch schaut. »Als Nächstes ist John Wilkinson dran, bitte.«

»Viel Glück, Jonno!«, ruft Noah und klopft dem Jungen neben ihm aufmunternd auf den Rücken.

Mir rutscht das Herz in die Hose. Er ist Noahs Freund. Ganz sicher will Noah lieber seinen Freund in der Band sehen als irgendjemand anderen.

Doch als John zu spielen beginnt, keimt wieder Hoffnung in mir auf. Er ist definitiv besser als Marcus – aber ehrlich gesagt wäre das auch ein Presslufthammer –, aber irgendetwas fehlt. Ich bin mir zwar nicht ganz sicher, was es ist, aber er scheint zu sehr auf Nummer sicher zu gehen. Es fehlt der entscheidende Funke. Das gewisse Etwas.

Als Nächstes ruft Daniel das Mädchen mit den langen bordeauxroten Haaren auf. Sie heißt Violet. Ich finde zwar, dass der Name ein bisschen omamäßig klingt, aber sie spielt wirklich richtig gut. Im Gegensatz zu den ersten beiden merkt man bei ihr sofort, dass sie Musik liebt. Ich fühle mich fast ein bisschen entmutigt, aber dann fällt mir wieder ein, was Dad zu mir gesagt hat. Alles, was ich tun kann, ist, mein Bestes zu geben und jeden Moment zu genießen.

Als Daniel mich aufruft, ist auf einmal alles seltsam vernebelt. Ich stehe auf und nehme meinen Platz auf der Bühne ein. Es kommt mir vor, als hätte ich die anderen in einem weichen Dunst ausgeblendet. Das Einzige, was noch im Fokus steht, ist meine Gitarre. Ich fange an zu spielen, und bei den ersten Akkorden fühle ich mich noch ein bisschen steif und verlegen, aber dann trägt mich die Musik – wie immer – davon, wie einen Vogel im Aufwind. Es spielt überhaupt keine Rolle, dass Vivien mir zuschaut. Im Gegenteil: Fast scheint es, als würden all die angestauten Gefühle der vergangenen Wochen meine Musik nur umso mehr beflügeln und durch meine Fingerspitzen in meine Gitarre strömen.

Mein Körper entspannt sich und schwankt im Takt der Melodie, während sich die Musik immer weiter aufschwingt, bis es urplötzlich vorbei ist. Eine Sekunde lang halte ich die Augen geschlossen, gefangen in diesem einen Moment, bis mich begeisterter Applaus aus meiner Trance reißt.

»Das war fantastisch«, höre ich Daniel sagen.

Ich öffne die Augen und sehe, dass Noah mich angrinst und mir zunickt. »Gut gemacht, Nessa«, sagt er.

Ich eile zurück an meinen Platz und meine Haut kribbelt richtig von der Musik und dem Applaus. Ich schaue nicht in Viviens Richtung. Ich will nicht, dass irgendetwas dieses Gefühl kaputt macht.

»Okay«, sagt Daniel und springt von seinem Stuhl auf. »Meine Bandkollegen und ich besprechen uns kurz im Hinterzimmer. Dann können wir euch hoffentlich gleich unsere Entscheidung mitteilen.« Er, Noah und die anderen aus der Band verschwinden durch eine kleine Tür hinten im Laden. Wir anderen sitzen schweigend da.

»Ich glaube, ich war echt Hammer«, höre ich Marcus zu Vivien sagen. Er hat vielleicht nicht das Hexen-Gen der Familie geerbt, aber definitiv das Arroganz-Gen.

Während ich meine Gitarre wieder in die Hülle packe, schwebe ich langsam von meiner Wolke herunter. Ich glaube, es ist gut gelaufen. Es muss gut gelaufen sein, schließlich haben alle geklatscht. Aber hat es wirklich gereicht? Ich muss wieder daran denken, wie Noah mir »Gut gemacht« zugerufen und vorher gesagt hat, dass er gehofft hat, ich würde auch zum Vorspielen kommen. Das muss doch bedeuten, dass er mich gerne in der Band hätte, oder? Andererseits ist John ganz offensichtlich ein guter Freund von ihm.

Nach einer gefühlten Ewigkeit – die mir noch länger vorkommt als Marcus' Vorspielen – kehrt die Band in den Laden zurück.

»Okay, wir haben unsere Entscheidung getroffen.« Daniel schaut mich an und schenkt mir ein Lächeln – bevor er sich wieder abwendet. »Violet, wir würden uns freuen, wenn du ein Teil unserer Band werden würdest.«

Die Enttäuschung trifft mich tief, und eine total kindische Stimme in meinem Kopf sagt: *Aber es hat gar niemand geklatscht, als sie vorgespielt hat.*

Violet stammelt immer wieder: »Vielen, vielen Dank.« Marcus schnaubt tatsächlich verächtlich und stampft aus dem Laden, dicht gefolgt von Vivien. Und John sieht genauso aus, wie ich mich fühle – vollkommen niedergeschlagen.

»Tut mir leid, Kumpel«, sagt Noah, geht zu ihm und legt eine Hand auf seine Schulter. »Es war eine Gruppenentscheidung. Ich konnte nichts machen.«

John zuckt mit den Schultern. »Schon okay. Gut, ich muss dann auch los – Fußballtraining.«

Noah und ich schauen zu, wie John zur Tür trottet.

»Hab ich … hab ich was falsch gemacht?«, platze ich plötzlich heraus.

»Nein! Natürlich nicht. Du warst fantastisch«, versichert mir Noah und blickt zu den anderen aus der Band hinüber.

Ich versuche, etwas von ihm einzufangen und herauszufinden, was er fühlt, aber ich spüre nichts. Ich schätze, ich bin noch zu enttäuscht, um mich richtig konzentrieren zu können. »Kann ich dich fragen …?« Ich bringe den Satz nicht zu Ende, weil ich nicht wie eine schlechte Verliererin klingen will.

Noah schaut mich wieder an und seine blauen Augen glänzen. »Was?«

»Warum habt ihr mich nicht ausgewählt? Ich meine, gibt's irgendetwas, was ich anders machen sollte – oder besser?«

Noah schüttelt den Kopf. »Nein. Es ist nur … Wir dachten, du bist noch ein bisschen zu jung.«

»Oh.« Seine Worte tun weh. Ich bin zu jung. Großartig. »Okay. Tja, ich schätze, dann geh ich wohl besser.«

»Okay. Bis bald.« Noah schenkt mir noch ein letztes Grinsen und gesellt sich dann zum Rest seiner Band.

Ich gehe zur Tür hinaus, meine Gedanken ein einziges wirres Durcheinander.

12

Am nächsten Tag wache ich mit verrenktem Nacken und dumpf pochenden Kopfschmerzen auf. Was jedoch noch schlimmer ist: Ich habe verschlafen und komme zu spät zur Schule. Ich war so enttäuscht wegen des Vorspielens, dass ich völlig vergessen habe, meinen Wecker zu stellen.

Ich springe aus dem Bett und dann für zehn Sekunden unter die Dusche, bevor ich mich anziehe und nach unten rase. Tante Clara musste heute Morgen furchtbar früh aufstehen, um sich mit einem neuen Tofu-Lieferanten in Edinburgh zu treffen. Ausnahmsweise bin ich froh, dass sie nicht hier ist. Es war schon schlimm genug, ihr gestern Abend erzählen zu müssen, dass ich es nicht in die Band geschafft habe. Ich will auf keinen Fall noch weiter mit ihr darüber sprechen. Das Gleiche gilt für meinen Dad. Er hat mir eine Nachricht geschickt und sich erkundigt, wie es gelaufen ist, aber ich habe es einfach nicht übers Herz gebracht, ihm zurückzuschreiben.

Natürlich schaffe ich es nicht mehr pünktlich zur ersten Stunde: Englisch. Ich kann den Lärm aus unserem Klassenzimmer schon von Weitem hören, was ziemlich seltsam ist, weil es im Englischunterricht normalerweise eher ruhig zugeht. Es sei denn, Holly hat das Buch nicht gefallen, das wir lesen mussten, dann ist jedes Mal die Hölle los.

Ich öffne die Tür und sehe, dass sich alle lautstark unterhalten, während vorne am Pult eine ziemlich verunsichert wirkende Vertretungslehrerin sitzt und mit einem Stift unentwegt auf die Tischplatte klopft. Ich steuere direkt auf Holly zu, die einzige Person im ganzen Klassenzimmer, die tatsächlich liest.

»Hi«, sage ich und lasse mich auf den Stuhl neben ihr sinken.

»Hi.« Sie klappt ihr Buch zu. »Wie ist das Vorspielen gelaufen? Warum hast du denn gestern Abend nicht auf meine Nachricht geantwortet?«

»Ich hab's nicht in die Band geschafft. Ich war einfach zu enttäuscht.«

»Oh nein.« Holly schaut mich mitfühlend an, aber ich spüre einen Funken Freude bei ihr. Warum freut sie sich, dass ich es nicht geschafft habe? Liegt es daran, dass sie Noah nicht mag? Ich beschließe, es einfach zu ignorieren. Vielleicht freut sie sich ja auch über etwas ganz anderes, dass wir Englisch haben oder so. Auch wenn es heute nicht unbedingt so aussieht, als würden wir viel lernen.

»Wo ist Miss Johnson?«, frage ich und hole meine Ausgabe unserer Pflichtlektüre aus der Tasche.

»Gretna Green«, antwortet Holly.

Ich starre sie schockiert an. Gretna Green ist eine Kleinstadt in Schottland, in die Paare gerne fahren, um heimlich zu heiraten. »Was?«

»Okay, *offiziell* ist sie krankgeschrieben und liegt mit Grippe im Bett, aber Mr Graham ist heute auch nicht da.« Hollys Augen leuchten vor Aufregung. »Ich glaube, sie haben es endlich getan. Ich glaube, sie haben endlich den Bund fürs Leben geschlossen.«

Ich lache und schüttle den Kopf. Holly hat diese verrückte Idee, dass Miss Johnson und Mr Graham unsterblich ineinander verliebt sind, und das alles nur, weil Miss Johnson ihn mal gefragt hat, ob wir uns für eine Lesung von *Macbeth* in unserer Klasse Becken ausleihen können – um das Krachen des Donners nachzustellen –, und er geantwortet hat: »Aber natürlich, Lulu.« In Hollys Augen kommt diese Verwendung eines Kosenamens einer unmissverständlichen Liebeserklärung gleich.

»Könnte es nicht sein, dass er sich bei ihr mit der Grippe angesteckt hat?«

Hollys Augen strahlen noch heller. »Das würde erst recht beweisen, dass sie ein Paar sind!«

»Könnten sich jetzt bitte alle wieder ihrer Ausgabe von *1984* widmen?«, ruft die Vertretungslehrerin verschüchtert, bevor sie sich wieder hinter ihrem eigenen Buch verkriecht.

»Ich hoffe, es gibt eine Selbsthilfegruppe für Vertretungslehrer«, sagt Holly. »Das muss der schlimmste Job der Welt sein.«

Ich höre, wie Vivien laut lacht. Als ich mich umdrehe, sehe ich, dass sie, Izzy, Ben und Eve alle in meine Richtung schauen. Ich frage mich, ob sie den anderen wohl gerade von dem Vorspielen erzählt. Dann frage ich mich, welche Lügen sie ihnen aufgetischt haben muss, um sie so zum

Lachen zu bringen. Mit einem Mal habe ich die Bluthexen und ihre Selbstgefälligkeit so satt. Ich starre Vivien direkt in die Augen und brülle innerlich: *HALT DIE KLAPPE!* Das Lächeln verschwindet aus ihrem Gesicht und sie wendet hastig den Blick ab.

Ich spüre eine Woge der Befriedigung. Offensichtlich werde ich immer besser darin, anderen Leuten meine Gedanken zu übermitteln. Es fühlt sich gut an, Vivien daran zu erinnern, dass sie nicht die Einzigen sind, die über Kräfte verfügen.

Ich drehe mich wieder zu Holly um. »Du errätst nie, wer gestern Abend auch bei dem Vorspielen war.«

»Noah?«, erwidert Holly gleichgültig.

»Nein. Na ja, doch, natürlich. Aber Vivien war auch da, mit ihrem Bruder.«

Holly wirkt sofort entschieden interessierter. »Was? Warum?«

»Ihr Bruder hat für die Band vorgespielt.«

Holly sieht mich entsetzt an. »Er hat es doch nicht geschafft, oder?«

»Nein. Er war grauenvoll.«

»Bitte seid leise«, sagt die Vertretungslehrerin, macht sich diesmal jedoch gar nicht erst die Mühe, von ihrem Buch aufzublicken. Der Lärm im Klassenzimmer legt sich minimal.

»Ich habe einen Cousin, der dieselben Verletzungen hat wie dein Bruder«, höre ich Ben über das allgemeine Gemurmel hinweg sagen. Ich schaue quer durch den Raum zu ihm hinüber. Er unterhält sich mit Eve – einer sehr schockiert wirkenden Eve.

»Woher weißt du denn das von meinem Bruder?«, fragt sie.

Ich knuffe Holly in die Seite und nicke mit dem Kopf kaum merklich in die Richtung der beiden.

»Oh, ich glaube, ich habe es von irgendjemand in der Stadt gehört«, antwortet Ben vage. »Wie auch immer, mein Cousin wurde in Amerika operiert und jetzt kann er wieder richtig gehen.«

Eves Miene hellt sich auf. »Ehrlich? Meine Eltern versuchen auch, genügend Geld zusammenzubekommen, um George in Amerika behandeln zu lassen. Aber sie haben erst die Hälfte der Summe, die sie brauchen. Er steht dort aber schon auf einer Warteliste für die Operation.« Ihre Miene verfinstert sich wieder und sie blickt auf ihr Pult hinunter.

»Oh, wie schrecklich für dich.« Mich schüttelt es richtig, als Izzy eine Hand auf Eves Schulter legt. »Das muss so schwer für dich sein.«

Eve nickt, scheint jedoch kein Wort herauszubringen.

»Hey, ich hab eine Idee«, fügt Vivien hinzu und klingt ein wenig zu begeistert. »Warum veranstalten wir nicht eine Sammlung und helfen deinen Eltern dabei, den Rest des Geldes zu beschaffen?«

»Was? Wie denn?« Eve starrt sie verständnislos an.

Ich sehe, wie Izzy Vivien hinter Eves Rücken ein wissendes Grinsen zuwirft. »Das ist eine tolle Idee«, sagt sie.

Was haben sie nur vor?

»Ja«, stimmt Ben ihr zu. »Wenn meine Familie es für meinen Cousin geschafft hat, dann schaffen wir das auf jeden Fall auch für deinen Bruder.«

»Aber … aber warum solltet ihr das tun?« Eve starrt jeden Einzelnen von ihnen schockiert an.

»Oh mein Gott«, zischt Holly mir ins Ohr. »Das ist so schrecklich.«

»Weil du unsere Freundin bist«, antwortet Izzy mit großen Augen. »Und weil wir für unsere Freunde alles tun würden. Hab ich recht, Leute?«

Ich wende mich ab und mir wird richtig übel.

Nach der Schule gehen Holly und ich sofort zu unserer alten Eiche. Es fühlt sich richtig an, angesichts des gigantischen Problems, dem wir gegenüberstehen, den besonderen Treffpunkt der Silberhexen aufzusuchen. Ich hoffe inständig, dass der Baum uns inspiriert und uns auf irgendeine Idee bringt.

Wir setzen uns in die Lücke zwischen seinen riesigen Wurzeln. Der Boden fühlt sich weich und federnd an. Ganz anders als die eisige, harte Erde beim ersten Mal, als ich hier war. Ich hole tief Luft und schließe die Augen. Ich denke daran, wie meine Mum und Tante Clara hier saßen, als sie in unserem Alter waren, zusammen mit den anderen Silberhexen. Ich seufze. Was, wenn es das war? Was, wenn Holly und ich die einzigen Silberhexen in dieser Generation sind? Ich drehe mich zu ihr um und schaue sie an.

»Was sollen wir denn jetzt tun?«

Holly zuckt mit den Schultern. »Ich weiß es nicht.«

Ich beginne frustriert, Moos aus der Erde zu rupfen. »Wenn sie Eves Familie wirklich dabei helfen, Geld für ihren

Bruder zu sammeln, dann haben wir keine Chance mehr, sie davon zu überzeugen, dass die drei es nicht ehrlich mit ihr meinen. Dann sind sie ihre Helden.«

Ich spüre, wie Hollys Besorgnis wie kleine Pfeilspitzen auf meiner Haut prickelt. »Wir müssen uns einen Plan überlegen«, sagt sie. »Wir dürfen nicht zulassen, dass sich Eve ihnen anschließt. Wir müssen alles dafür tun, um das zu verhindern.«

Sie legt eine Hand auf meine. »Silber für immer.«

Eine Art positiver elektrischer Schock jagt meinen Arm hinauf und erfüllt mich mit Stärke. »Silber für immer«, erwidere ich.

13

»Wow, der Bernstein ist wirklich wunderschön«, sagt Holly, nimmt einen Anhänger vom Schmucktablett und hält ihn gegen das Licht. »Er sieht aus wie eine Flamme in einem Stein.«

Es ist Samstag, und da Tante Clara meine Hilfe im »Paper Soul« heute nicht braucht, sind Holly und ich shoppen gegangen. Shoppen am Samstag mit einer Freundin bedeutete früher, dass Ellie und ich stundenlang nach Make-up und Büchern gesucht haben. Jetzt bedeutet es, dass Holly und ich uns Heilkristalle anschauen und versuchen, uns mit ihrer Hilfe vor den Bluthexen zu schützen. Ich werfe erneut einen Blick auf Tante Claras Zettel, auf dem sie notiert hat, welche Kristalle sich am besten eignen.

»Bernstein steht auf der Liste«, verkünde ich. »Anscheinend bietet er hervorragenden Schutz.«

»Cool!« Holly schließt die Finger um den Anhänger. »Was ist mit dir? Welchen suchst du dir aus?«

Ich blicke auf das Tablett hinunter und meine Augen werden von einem weißen Stein mit blauem Schimmer angezogen. »Der hier gefällt mir richtig gut«, antworte ich und nehme ihn hoch.

Holly liest das Etikett, das an dem Tablett klebt. »Mondstein. Steht der auch auf Claras Liste?«

Ich halte den Mondstein gegen das Licht und er schimmert silbern und blau. Ich habe das eindeutige Gefühl, dass dies genau der richtige Stein für mich ist. Ich überfliege hastig Tante Claras Liste. Mondstein steht darauf, an letzter Stelle. *Ausgezeichnet für die Intuition* hat sie zusammen mit einem Smiley dahintergeschrieben. Der perfekte Stein für eine Empathin – und das wusste ich schon, bevor ich die Worte überhaupt gelesen habe. Ich nicke Holly zu und grinse.

»Okay, cool. Komm, dann lass uns bezahlen.«

Ich folge Holly zur Kasse. Der Schmuckladen ist genauso wie die meisten anderen Läden in Fairhollow: alt und eng, mit jeder Menge Holzbalken. Als ich hierher gezogen bin, fand ich diese uralten Gebäude ein bisschen unheimlich, aber jetzt liebe ich sie. Wir kaufen die beiden Anhänger und dazu je eine Silberkette, damit wir sie um den Hals tragen können.

»Komm, wir hängen sie uns gleich um«, sagt Holly, als wir zur Tür gehen.

Ich lege mir den Mondsteinanhänger um den Hals. Gut möglich, dass es nur mein Wunschdenken ist, aber ich fühle mich sofort stärker. Als ich gerade die Tür öffnen will, sehe ich Izzy, Vivien und Ben draußen auf der Hauptstraße. »Warte«, sage ich zu Holly und zeige durch die Glasscheibe. Wir beobachten, wie die drei ein Poster an die Anschlagtafel auf der anderen Straßenseite hängen. Wir sind zu weit entfernt, um lesen zu können, was darauf steht.

»Was glaubst du, wofür das ist?«, flüstere ich.

»Keine Ahnung«, antwortet Holly. »Vielleicht ist es ein GESUCHT-Poster.« Sie spricht mit Nachrichtensprecherstimme weiter: »GESUCHT – Freundlichkeit und Mitgefühl.«

Ich lache. »Ja. Oder ein VERMISST-Poster – für Bens Hirn.«

Wir sehen zu, wie sie die Hauptstraße weiter hinuntergehen und noch mehr Poster an jeden verfügbaren Laternenpfahl kleben.

»Tja, was immer es auch ist, sie wollen auf jeden Fall, dass alle davon erfahren«, murmelt Holly.

Als sie weg sind, verlassen wir den Laden und gehen zu einem der Poster hinüber.

»Oh nein!«, ruft Holly aus, als wir näher kommen.

Das Poster ist für eine Wohltätigkeitsveranstaltung, um Geld zu sammeln – *damit der Bruder unserer lieben Freundin die für ihn lebenswichtige Operation erhält*, steht darauf.

»Ich kann nicht glauben, dass sie tatsächlich so weit gehen«, sage ich. »Ich meine, ich dachte, sie würden Eve vielleicht anbieten, ihr ein bisschen Geld zu spenden oder so, aber eine ganze Wohltätigkeitsveranstaltung?«

Holly nickt. »Das ist so ungerecht. Izzy ist so reich und kennt praktisch jeden – für sie ist das alles kein Problem. Sie kann so eine Veranstaltung einfach aus dem Hut zaubern. Damit wird es für sie noch viel leichter, ihre Penta zu vollenden. Wenn sie jedes Mal so was abziehen, wie sollen wir sie dann jemals aufhalten?«

Ein eiskalter Schauer rauscht durch meinen Körper, von den Zehenspitzen bis zur Kopfhaut. »Ich glaube, wir müssen das Tante Clara erzählen.«

Holly nickt. »Ja. Wir können definitiv ihre Hilfe gebrauchen.«

»Warum kommst du nicht mit zu mir und bleibst zum Abendessen? Tante Clara liegt mir sowieso ständig in den Ohren, dass ich dich mal einladen soll.«

»Ha, wie sich die Zeiten ändern!«

Wir lachen beide. Es ist so seltsam, dass es mal eine Zeit gab, in der Tante Clara verzweifelt versucht hat, mich von Holly fernzuhalten. Sie hat damals sogar mit dem Gedanken gespielt, mich auf eine andere Schule zu schicken.

»Das wäre toll«, fügt Holly dann hinzu. »Dann habe ich endlich mal Pause von meinen Eltern. Ich glaube nicht, dass ich auch nur noch eine Stunde *wertvolle Zeit* mit den beiden ertrage – sonst jage ich mich noch selbst in die Luft. Ganz ehrlich, manchmal wünsche ich mir, sie würden einfach auf Geschäftsreise gehen und nie wieder zurückkommen.« Sie klatscht sich eine Hand auf den Mund. »Oh mein Gott! Es tut mir so leid! Ich hab's nicht so gemeint … Das war so gedankenlos von mir.«

Ich schüttle den Kopf. »Schon okay. Ich verstehe, was du meinst.«

»Aber deine Eltern … Ich hätte wirklich vorher nachdenken sollen.«

»Nein, ehrlich, es ist schon gut. Ich war noch so klein, als meine Mum gestorben ist, dass ich mich noch nicht mal mehr an sie erinnern kann – geschweige denn, sie vermisse.

Ich meine, ich vermisse natürlich die Vorstellung von ihr, aber dass sie nicht hier ist, habe ich schließlich nie anders gekannt. Und ich gewöhne mich auch langsam daran, dass ich meinen Dad nicht sehen kann. Außerdem habe ich ja jetzt Tante Clara – und dich.«

»Ja, deine unsensible Freundin!«

»Du bist eine tolle Freundin.«

Holly schaut mich mit weiten Augen an. »Ehrlich?«

»Na klar.«

Sie lächelt schüchtern. »Das hat vorher noch nie jemand zu mir gesagt.« Sie hakt sich bei mir unter und gemeinsam gehen wir die Hauptstraße entlang zum »Paper Soul«. »Wir sollten Tante Clara fragen, wie wir die Bluthexen ein für alle Mal besiegen können.«

Ich muss lachen. »Komisch – das hat vorher auch noch nie jemand zu mir gesagt.«

Tante Clara kocht zum Abendessen Pilzrisotto, eins meiner Lieblingsgerichte. Aber ich bin so aufgeregt, weil ich ihr erzählen will, was los ist, dass es mir den Appetit verschlägt. Ich stochere mit meiner Gabel im Essen herum und frage mich, wie ich es ihr am besten sagen soll.

»Ist alles okay, Nessa?«, erkundigt sie sich plötzlich und schaut mich über den Küchentisch hinweg besorgt an. Die flackernden Kerzen werfen tanzende Schatten auf ihr feuerrotes Haar.

»Ja, mir geht's gut«, antworte ich.

Sie runzelt die Stirn und hebt eine ihrer dünnen dunklen Augenbrauen. »Wirklich? Du kannst einer Empathin nichts vormachen, das weißt du doch. Meine Kräfte mögen zwar bereits verblasst sein, aber ich erkenne immer noch, wenn jemand unsicher oder verängstigt ist.«

»Ha, willkommen in meiner Welt«, sagt Holly seufzend. »Ich meine, ich finde eure Gabe ja wirklich cool und so, aber manchmal nervt es schon ein bisschen, die ganze Zeit mit Gedankenlesern rumzuhängen.«

Tante Clara und ich müssen beide lachen. Dann sieht sie mich wieder an. »Aber mal ernsthaft, was ist denn los?«

»Es ist wegen Izzy und den anderen«, antworte ich.

»Ich hätte es wissen müssen.« Tante Clara seufzt. »Sie haben ihre vierte Hexe doch noch nicht gefunden, oder?«

»Nein, aber es wird wahrscheinlich nicht mehr lange dauern.«

»Wir brauchen deine Hilfe«, fügt Holly hinzu und legt Messer und Gabel ab. »Wir wissen nicht, was wir tun sollen.«

»Ob ihr's glaubt oder nicht, aber die drei hatten vorhin doch tatsächlich die Stirn, hier im Laden aufzukreuzen«, teilt Tante Clara uns mit.

Ich starre sie ungläubig an. »Was? Warum?«

»Sie wollten ein Poster ins Fenster hängen, für irgendeine Wohltätigkeitsveranstaltung, die sie organisieren. Es war ziemlich seltsam. Ich meine, nach allem, was passiert ist, als sie das letzte Mal hier waren, sollte man doch meinen, dass sie sich von hier fernhalten.«

Ich blicke mich in der Küche um und ein Schauer jagt mir über den Rücken, als ich daran zurückdenke, wie die Bluthexen hier beinahe alles in Schutt und Asche gelegt hätten. »Und was hast du zu ihnen gesagt?«

»Ich habe ihnen gesagt, dass sie verschwinden sollen und hier Hausverbot haben, für immer. Aber es war mir schon ein bisschen unangenehm. Für gewöhnlich weise ich niemanden ab, der etwas Gutes tun will.«

»Ich finde, du hast das Richtige getan«, versichere ich ihr. »Die Wohltätigkeitsveranstaltung ist für Eves Bruder – um seiner Familie zu helfen, seine Behandlung in Amerika zu bezahlen.«

Tante Clara wirkt verwirrt. »Aber das ist doch wirklich etwas Gutes.«

»Es ist etwas Gutes – aber aus schlechten Gründen«, erwidert Holly.

Tante Clara runzelt die Stirn. »Was meinst du denn damit?«

»Wir glauben, dass sie es nur tun, damit Eve ihnen so dankbar ist, dass sie sich ihnen anschließt«, erkläre ich ihr.

Tante Clara wirkt völlig entsetzt. »Aber das … das ist ja schrecklich.« Ich spüre, wie ihre Furcht über den Tisch zu mir kriecht.

»Es ist so frustrierend«, sage ich. »Ich hatte wirklich geglaubt, es würde uns leichter fallen, andere Hexen auf unsere Seite zu ziehen, weil die drei so grauenvoll sind. Aber sie sind einfach zu gut darin, die Leute hereinzulegen und nett zu wirken.«

»Was sollen wir nur tun?«, fragt Holly. »Wie können wir sie aufhalten?«

Einen Moment lang sitzen wir alle schweigend da.

»Ihr müsst ihre Schwächen finden und sie zu eurem Vorteil nutzen«, antwortet Tante Clara.

»Bist du sicher, dass sie überhaupt Schwächen haben?« Es fällt mir schwer, mir Izzy mit irgendwelchen Schwächen vorzustellen.

»Oh, jeder hat eine Schwäche«, versichert Tante Clara.

Das Telefon klingelt und sie steht vom Tisch auf. »Es tut mir wirklich leid, aber ich muss da rangehen. Ich erwarte einen Anruf von einem örtlichen Schriftsteller. Wir wollen hier im Laden eine Autogrammstunde veranstalten.«

Tante Clara verlässt den Raum und Holly und ich schauen einander an.

»Was sind ihre Schwächen?«, fragt Holly.

»Ben?«, erwidere ich. »Seine mangelnde Intelligenz macht ihn auf jeden Fall zum schwächsten Glied.«

»Ha! Stimmt. Was noch?«

Eine Idee nimmt in meinem Kopf Gestalt an. »Was ist mit ihrer Gier?«

»Wie meinst du das?«

»Na ja, sie wollen unbedingt an die Macht, richtig? Sie würden dafür vor nichts zurückschrecken.«

»Aber macht sie nicht genau das so stark? Die Tatsache, dass sie vor nichts zurückschrecken?«

»Vielleicht, vielleicht auch nicht. Denk doch mal darüber nach. Was ist passiert, als wir unbedingt mit Eve sprechen wollten?«

Holly seufzt. »Wir haben es vermasselt.«

»Ganz genau. Wir wollten sie so dringend überzeugen, dass wir es total versaut haben.«

»Aber die Bluthexen sind nicht so. Sie sind viel berechnender.«

»Schon, aber nur, weil sie noch nie wirklich auf die Probe gestellt wurden.«

»Was meinst du denn damit?«

»Na ja, ich hasse es zwar, das zuzugeben, aber wir haben es ihnen auch ziemlich leicht gemacht. Wir haben es uns mit Eve selbst verscherzt, was bedeutet, dass sie jetzt nichts mehr mit uns zu tun haben will. Das machte es für die drei umso leichter, sich bei ihr einzuschmeicheln.«

Holly runzelt die Stirn. »Und was sollen wir deiner Meinung nach jetzt tun?«

»Wir müssen uns schlauer anstellen. Wir müssen dafür sorgen, dass sie in Panik geraten, damit sie es auch vermasseln.« Ich lächle Holly mit trotziger Entschlossenheit an. »Wir müssen sie mit ihren eigenen Waffen schlagen.«

14

Am nächsten Tag beschließen Holly und ich, uns nach unserer Naturwissenschaftshausarbeit einen Besuch im »Zimt & Zucker« zu gönnen. Ellie nehmen wir auch mit. Natürlich nicht in Person, schließlich ist sie in London, aber immerhin per Videochat. Ich lehne mein Handy an einer Schüssel mit Zuckerpäckchen auf dem Tisch an.

»Ist er hier?«, flüstert mir die Mini-Ellie vom Bildschirm aus zu.

»Ist wer hier?«, frage ich, obwohl ich ganz genau weiß, wen sie meint. Im Gegensatz zu Holly hegt Ellie keine irrationale Abneigung gegen Noah. Es ist toll, dass ihn wenigstens eine meiner besten Freundinnen mag und dass ich jemanden habe, mit dem ich über ihn reden kann. Trotzdem finde ich nicht, dass das hier der beste Ort dafür ist.

»Mister Absolut-mega-süß«, erwidert Ellie. »Arbeitet er heute?«

Ich ignoriere Hollys angestrengtes Seufzen und blicke mich im Café um. Noah ist nirgendwo zu entdecken und mir wird das Herz ein bisschen schwerer. »Ich glaube nicht«, antworte ich. »Oh, warte mal.« Die Küchentür geht auf und Noah kommt mit einer Handvoll Flyer heraus.

»Was?«, quietscht Ellie aufgeregt. »Ist er da?«

Noah kommt in unsere Richtung und legt unterwegs einen Flyer auf jeden Tisch.

»Schhh!«, zische ich das Handy an. »Sei bloß still!«

Noah legt einen Flyer auf dem Tisch neben uns ab und schaut mich dabei die ganze Zeit an.

Ellie reißt die Augen auf. »Ist er da?«, flüstert sie.

»Schhh!« Ich blicke kopfschüttelnd Richtung Handy.

Gegenüber von mir setzt Holly ein schiefes Grinsen auf.

»Hi«, sagt Noah, stellt sich neben Holly und schaut mir immer noch direkt in die Augen. »Ist alles okay?«

»Ja, natürlich. Warum sollte es das nicht sein?«, frage ich zurück.

Noah grinst, seine Augen beginnen zu leuchten, die Grübchen bohren sich in seine Wangen und … mein Herz beginnt zu rasen.

»Es sah aus, als würdest du mit der Zuckerschüssel reden.«

Holly unterdrückt hustend ein Lachen. Ellie stößt ein stummes »Oh mein Gott!« aus. Von seinem Platz aus kann Noah das Handy nicht sehen.

»Nein«, erwidere ich so lässig, wie ich kann. »Ich habe mit Holly geredet und nur auf die Zuckerschüssel geschaut.« Weil das total normal ist. Wirklich spitze, Nessa!

Noah sieht mich halb lächelnd, halb stirnrunzelnd an. »Oh … okay.«

»Es ist eine echt hübsche Schüssel«, füge ich total peinlich hinzu. Aus dem Augenwinkel sehe ich, wie Ellie auf dem

Handybildschirm mit den Armen herumfuchtelt, als würde sie ertrinken oder so.

»Findest du?« Noah starrt auf die unauffällige weiße Schüssel. »Mir persönlich gefallen die Salz- und Pfefferstreuer besser.«

Holly stößt ein lang gezogenes Seufzen aus. »Wow, das ist echt die langweiligste Unterhaltung aller Zeiten! Ich geh mal kurz auf die Toilette. Ich nehme einen Schoko-Milchshake«, teilt sie Noah mit, steht auf und verschwindet. »Sobald du Zeit hast, unsere Bestellung aufzunehmen, natürlich.«

Ich zucke vor Scham zusammen, weil sie so unhöflich ist, aber Noah scheint es nicht im Geringsten zu stören. »Alles klar«, erwidert er mit einem Nicken.

Wir schauen Holly nach, die im hinteren Teil des Cafés verschwindet. Dann werfe ich erneut einen Blick auf mein Handy. Ellie hüpft völlig verzückt auf und ab. Ich schnappe mir das Handy und höre ein leises *»Naaaaiiiin!«*, bevor ich das Gespräch beende. Glücklicherweise scheint Noah es nicht zu bemerken.

»Tut mir echt leid wegen neulich«, sagt er und fährt sich mit einer Hand durchs Haar.

»Was war denn neulich?«, frage ich unbeschwert, so als sei es für mich etwas so Banales, bei einem Vorspielen abgewiesen zu werden, dass ich es sofort wieder vergesse, sobald es passiert ist.

»Wegen der Band. Tut mir leid, dass du noch nicht alt genug bist.«

Die Worte zu hören, versetzt mir erneut einen Stich ins Herz. Ich atme tief durch und zwinge mich zu einem Lächeln. »Oh, schon okay. Ich verstehe das.«

Noah stützt sich auf Hollys Stuhllehne ab. Seine Arme sehen so stark aus. Ich stelle mir vor, wie er einen von ihnen um meine Schultern legt, und in mir kribbelt alles. »Aber wir fanden es alle großartig, wie du gespielt hast.«

»Ehrlich, das musst du nicht sagen. Es ist schon okay.«

»Ich weiß, dass ich es nicht sagen *muss*«, fügt Noah hinzu und schaut mir wieder direkt in die Augen. »Aber ich möchte es.«

»Oh.« *Sag noch was!*, schreie ich mich innerlich selbst an. *Sag noch irgendwas!* Aber das einzige Wort, das mir einfällt, ist das gute alte langweilige *Oh*.

»Und es hat mir auch echt richtig Spaß gemacht, an Silvester mit dir zu spielen.« Noah lächelt mich wieder an, aber diesmal ist es kein so hämisches Grinsen. Es wirkt viel weicher, bedeutungsvoller. Ich spüre, wie mein Herz förmlich dahinschmilzt.

»Ehrlich?« Ich denke wieder an die Silvesternacht zurück, wie wir beide direkt nebeneinander standen. Noahs Bogenarm hat sich so schnell über seine Geige bewegt, dass er ganz verschwommen aussah, während meine Finger in perfekter Harmonie über die Gitarrensaiten glitten. Es war, als würde uns die Musik wie ein unsichtbares Band verbinden. Einen Moment lang spüre ich diese Verbindung zwischen uns erneut, aber dann ist der Moment sofort wieder vorbei.

Noah legt einen Flyer auf den Tisch. Ich spüre ein bitteres Stechen, als ich sehe, dass er für die Wohltätigkeitsveranstaltung ist. Dann kommt mir ein grauenvoller Gedanke: Kennt Noah Izzy und die anderen? Verteilt er deswegen ihre Flyer? Weil er mit ihnen befreundet ist?

»Wofür ist der?«, frage ich unschuldig und greife nach dem Flyer.

Noah zuckt mit den Schultern. »Keine Ahnung. Mein Chef hat mich nur gebeten, sie auf den Tischen zu verteilen.«

Ich überfliege hastig die Worte. »Oh, es geht um ein Wohltätigkeitsfest an der Schule«, sage ich, als wüsste ich das nicht längst und hätte nicht in den vergangenen vierundzwanzig Stunden an nichts anderes gedacht. »Scheint für einen wirklich guten Zweck zu sein.«

Noah erwidert nichts, sondern zieht nur einen Notizblock aus seiner Gesäßtasche. Die Luft zwischen uns fühlt sich auf einmal ganz leer an.

»Klingt nach Spaß«, versuche ich es erneut.

Noah schaut sich im Café um. »Kann schon sein.«

Ein Instagram-artiger Feed aus Bildern von Noah und mir bei der Wohltätigkeitsveranstaltung tickert durch meinen Kopf. Wie wir gemeinsam zwischen den verschiedenen Ständen schlendern. Wie Noah einen Teddybären beim Dosenwerfen für mich gewinnt. Wie wir auf dem Karussell Zuckerwatte essen. »Hast du … hast du vor, da hinzugehen?«

Er schüttelt den Kopf. »Nee. Das ist nicht so mein Ding.« Er zieht den Bleistift hervor, der hinter seinem Ohr klemmt, bereit, meine Bestellung aufzuschreiben. »Also, was darf's denn sein?«

Einen Moment lang starre ich ihn nur an. Ich weiß, dass sich irgendetwas verändert hat, auch wenn ich mir nicht sicher bin, was oder warum. Und dann kommt mir ein schrecklicher Gedanke: Wirke ich erst recht viel zu jung, wenn ich die ganze Zeit davon rede, wie viel Spaß ein Schulfest machen würde?

»Wir nehmen zwei Schoko-Milchshakes, bitte«, murmele ich und bin tatsächlich erleichtert, als ich sehe, dass Holly bereits wieder von der Toilette zurückkehrt.

»Alles klar.« Noah steckt den Block zurück in seine Hosentasche und geht zur Theke, ohne mich noch einmal anzuschauen.

»Ist alles okay?«, fragt Holly und setzt sich zu mir.

Ich nicke, obwohl sich meine Kehle vor Enttäuschung ganz trocken anfühlt. Aber es hat keinen Sinn, mit Holly darüber zu sprechen, schließlich kann sie Noah sowieso nicht leiden. Ich schlucke meine Enttäuschung hinunter und reiche ihr stattdessen den Flyer. »Schau mal.«

»Wow, sie legen sich ganz schön ins Zeug, was?« Sie drückt meine Hand. »Mach dir keine Sorgen. Vergiss nicht, worüber wir gestern Abend gesprochen haben. Sie werden nicht gewinnen.«

Ich nicke, fühle mich innerlich jedoch ganz hohl. Es ist nun mal Fakt, dass es eine gute Sache *ist*, Geld für George zu sammeln. Und wenn wir irgendetwas unternehmen, um dieses Vorhaben zu gefährden, dann verletzen wir damit ihn und Eves ganze Familie. *Arrghh!* Warum ist alles so kompliziert?

Ich hatte gehofft, ich würde mich nach meinem Milchshake ein wenig besser fühlen, aber wenn überhaupt, dann fühle ich mich noch schlechter, nachdem ich Noah die ganze Zeit dabei zugesehen habe, wie er durch das Café flitzt, ohne mich auch nur ein einziges Mal anzuschauen.

Zurück im »Paper Soul«, verschwinde ich sofort auf mein Zimmer und sage noch nicht einmal Tante Clara Hallo, bevor ich mich auf mein Bett fallen lasse. Dann piepst mein Handy. Eine Nachricht von Ellie.

> Ich kann nicht glauben, dass du mich einfach so weggedrückt hast! Was ist passiert? Hat er dich gefragt, ob du mit ihm ausgehen willst? Hast du irgendwann aufgehört, über die Zuckerschüssel zu reden? Ich brauche Antworten!!! xxx

Ich lege das Handy auf meinen Nachttisch. Ich bringe es noch nicht übers Herz, Ellie zu erzählen, was passiert ist. Es wäre einfach zu furchtbar, das Ganze noch einmal durchzumachen. Ich schnappe mir meine Gitarre und fange an zu spielen, aber meine Finger fühlen sich total steif und ungeschickt an und alle Akkorde klingen verstimmt.

»Nessa, ist alles in Ordnung?«, ruft Tanta Clara die Treppe herauf.

»Ja, mir geht's gut«, rufe ich zurück. Ein Teil von mir würde am liebsten nach unten rennen und sich in ihre Arme stürzen. Aber dann würde sie mich fragen, was los ist, und ich müsste ihr von Noah erzählen. Und wie ich mein Glück kenne, würde sie mir wahrscheinlich auch nur sagen, dass sie findet, dass ich zu jung für ihn bin. Oder, noch schlimmer, dass ich überhaupt nicht an Jungs denken sollte, weil ich meine ganze Energie für den Kampf gegen die Bluthexen brauche. Instinktiv taste ich nach dem Medaillon meiner Mum in meiner Hosentasche. Ich schließe die Finger darum, lege mich aufs Bett und starre aus dem Fenster. Der Abendhimmel verfärbt sich langsam tintenblau und ich kann bereits die ersten blass leuchtenden Sterne erkennen.

»Wie hast du das nur alles geschafft?«, flüstere ich Richtung Himmel, so als würde meine Mum dort oben auf einem der Sterne sitzen. »Wie bist du mit diesem Druck klargekommen?«

Ich schließe die Augen, und obwohl ich nichts hören kann, taucht ein Bild in meinem Kopf auf. Zuerst halte ich es für die Erinnerung an ein altes Foto – das Foto von Mum und Dad, die im Park auf einer Wippe sitzen. Aber dann beginnen die Menschen auf dem Foto, sich zu bewegen. Dad drückt die Wippe mit aller Kraft nach unten, woraufhin Mum in die Luft hüpft, während ihr langes blondes Haar tanzend um ihren Kopf flattert. Sie kreischt vor Lachen und Dad steigt von der Wippe herunter und geht zu ihr. Sie steht ebenfalls auf und er zieht sie in seine Arme. Ich spüre, wie eine Woge der Freude durch meinen Körper schwappt und meine Haut zu kribbeln beginnt.

»Ich liebe dich, Celeste«, höre ich Dad flüstern. Und dann verblasst das Bild.

Ich liege auf dem Bett, meine Haut kribbelt noch immer. Was ist hier gerade passiert? Habe ich einen Flashback von meiner Mum gesehen, weil ich ihr Medaillon so fest gedrückt habe? Aber dann wird mir bewusst, dass es keine Rolle spielt, *wie* die Vision zu mir kam. Das einzig Wichtige ist, dass meine Mum glücklich war, obwohl sie eine Silberhexe war. Sie konnte sich trotzdem verlieben. Und wenn sie es konnte, dann kann ich es auch.

Der einzige Grund, warum meine Mum am Ende doch nicht glücklich werden konnte, waren die Bluthexen. Sie haben sie erpresst und gezwungen, sich ihnen anzuschließen, um mein Leben zu retten – genau so, wie Izzy und die anderen es auch mit Eve tun werden. Plötzlich spüre ich neue Entschlossenheit, stecke das Medaillon wieder zurück in meine Hosentasche und setze mich auf. Die Bluthexen haben es vielleicht geschafft, meine Mum auf ihre Seite zu ziehen, aber Eve kriegen sie nicht. Dafür werde ich sorgen.

15

»Hört mal alle zu, ich habe tolle Neuigkeiten«, verkündet Mr Bailey und strahlt von der Bühne zu uns herunter.

Ein Raunen geht durch die Schulaula. Ich schaue Holly an und verziehe das Gesicht. Als Mr Bailey diesen Satz das letzte Mal bei einer Versammlung ausgesprochen hat, hat er uns mitgeteilt, dass es in der Schule jetzt einen Hausaufgabenclub gibt – was ausschließlich auf dem Planeten Schulleiter als »tolle Neuigkeiten« durchgeht.

»Aber eigentlich finde ich, dass die Schüler, die daran beteiligt sind, euch diese tollen Neuigkeiten selbst mitteilen sollten.« Mr Bailey blickt über das Meer aus Schülern. »Izzy, Vivien, Ben – würdet ihr bitte zu mir auf die Bühne kommen?«

»Oh nein«, grummelt Holly.

Ich beobachte, wie Izzy von ihrem Stuhl aufspringt und ihre vor Lipgloss glänzenden Lippen zu einem selbstgefälligen Lächeln verzieht. Sie glättet ihr Haar und stolziert Richtung Bühne, dicht gefolgt von Vivien und Ben. Mr Bailey strahlt sie noch begeisterter an, als sie die Stufen zu ihm hinaufsteigen. Wenn er doch nur die Wahrheit kennen würde. Wenn er doch nur wüsste, wozu diese drei in der Lage sind.

»Izzy, würdest du deinen Mitschülern die gute Nachricht bitte mitteilen?«, fragt er.

Izzy lächelt Mr Bailey an. »Natürlich, Sir.« Sie dreht sich zu uns um. »Wir organisieren hier am Samstag ein kleines Schulfest und würden uns freuen, wenn ihr alle mitmacht.« Ihr Lächeln verblasst und ihre Augen weiten sich. »Die Veranstaltung findet so kurzfristig statt, weil es dabei um etwas sehr Wichtiges und sehr Dringendes geht.« Ich lasse den Blick über die anderen Schüler schweifen. Sie starren alle wie hypnotisiert zu Izzy hinauf. Alle außer Eve, die mit knallroten Wangen auf ihre Füße hinunterschaut.

»Ich bin mir sicher, dass ihr alle unsere gute Freundin Eve Hart kennt«, fährt Izzy fort. Ein paar Schüler aus unserer Klasse sehen einander mit erhobenen Augenbrauen fragend an. Gute Freundin? Sie scheinen noch nicht vergessen zu haben, dass Izzy und die anderen Eve früher das Leben zur Hölle gemacht haben. »Wisst ihr, ihr Bruder hatte vor einiger Zeit einen schrecklichen Unfall und kann seither nicht mehr laufen.« An dieser Stelle bricht Izzys Stimme tatsächlich, so als würde sie gleich anfangen zu heulen. Ich nehme mir vor, ihr zu sagen, dass sie immer noch Schauspielerin werden kann, falls es mit der Hexerei für sie am Ende doch nichts wird. »Wir veranstalten dieses Fest, um Geld für eine Operation für ihn in Amerika zu sammeln. Sie ist vielleicht seine einzige Hoffnung«, endet Izzy melodramatisch und Eve zuckt sichtlich zusammen.

»Wow«, flüstert Holly. »Wenn sie nicht gleich damit aufhört, muss ich mich übergeben, glaube ich.«

Ich nicke und sehe zu, wie sich Izzy wieder zu Mr Bailey umdreht.

»Nun, ich kann ja nicht für euch sprechen, aber ich finde, das hat einen Riesenapplaus verdient«, sagt er und klatscht wie ein Seehund bei einer Tiershow in die Hände. Auch im Rest des Saales brandet Applaus auf. Je lauter er wird, desto selbstgefälliger wird das Lächeln auf den Gesichtern von Izzy, Vivien und Ben. Ich blicke zu Eve hinüber. Sie klatscht nicht. Ihre Hände sind tief in die Taschen ihres Schulblazers vergraben, und sie sieht aus, als wünschte sie sich, die Erde würde aufreißen und sie bei lebendigem Leib verschlucken. Ein kleiner Hoffnungsschimmer flammt in mir auf.

»Diese Schüler geben ein wundervolles Beispiel für die ganze Schule ab – und für unser Schulmotto ›Stets im Dienst der Gemeinschaft‹«, fügt Mr Bailey hinzu.

»Ernsthaft?«, fragt Holly und tut so, als müsste sie würgen.

»Und um sie bei ihrem Vorhaben zu unterstützen«, fährt Mr Bailey fort, »fällt die erste Stunde heute aus, damit ihr in euren Klassenzimmern stattdessen eure Teilnahme an der Veranstaltung planen könnt.«

Zustimmendes Murmeln breitet sich im Saal aus.

»Izzy, Vivien und Ben werden sämtliche Klassen nacheinander besuchen und euch eine Aufgabe zuteilen.« Mr Bailey stellt sich an den Bühnenrand und schaut begeistert in die Menge. »Ich freue mich, dass wir den dreien bei ihrer fantastischen Idee den Rücken stärken und Eves Bruder auf seinem Weg der Besserung helfen können.«

Izzy, Vivien und Ben verlassen unter tosendem Applaus die Bühne. Eve vergräbt die Hände noch tiefer in den Jackentaschen.

Als wir ins Klassenzimmer zurückkommen, hüpft Mr Matthews vor Aufregung wie ein stolzer Großvater durch den ganzen Raum. »Das ist wundervoll, einfach wundervoll!«, wiederholt er immer wieder und klatscht in seine knochigen Hände. »Ihr seid echte Vorbilder für eure Klassenkameraden, Izzy, Vivien und Ben.«

Izzy schüttelt den Kopf. »Wirklich, Sir, das ist doch das Mindeste, was wir tun konnten – für unsere Freundin.« Sie legt einen Arm um Eves Schultern. Eve lächelt. Ich zucke angewidert zusammen.

»Also, welchen Stand sollen wir für euch betreuen?«, fragt Mr Matthews und setzt sich auf die Kante seines Pults.

»Ich dachte, unsere Klasse könnte vielleicht den Kuchenstand übernehmen«, antwortet Izzy.

Holly stößt ein schnaubendes Lachen aus. »Ist das dein Ernst?«

Izzy funkelt sie finster an. »Warum, was stimmt denn damit nicht?«

»Nach allem, was passiert ist, als ihr das letzte Mal gebacken habt?«, fragt Holly und ihre Augen blitzen vor Zorn.

Ich spüre, wie sich ihre Wut mit meiner eigenen vermischt, als ich wieder an jenen Tag im »Paper Soul« zurückdenke, als die Bluthexen absichtlich mehrere von Tante Claras Kuchen haben verbrennen lassen und der ganze Ofen in Flammen stand. Ich starre Izzy durchdringend an. *Du wirst nicht damit durchkommen*, denke ich und stelle mir vor, wie sich die Worte in ihren Kopf bohren. Sämtliche Farbe weicht aus ihrem Gesicht und sie wendet den Blick ab.

»Na ja … äh … es muss ja nicht unbedingt der Kuchenstand sein«, stammelt sie. Vivien und Ben starren sie schockiert an. Ich spüre, wie Aufregung in mir aufsteigt. Es hat funktioniert! Ich konnte ihr meine Gedanken übermitteln. Ich lehne mich auf meinem Stuhl zurück, erschöpft von der Anstrengung, aber mit einem echten Hochgefühl.

»Ähm, doch, muss es«, blafft Vivien sie an und wirft Holly einen wütenden Blick zu. »Wir haben doch schon alles geplant.«

»Oh, darauf würde ich wetten«, grummelt Holly.

»Wirklich, Holly«, geht Mr Matthews dazwischen und schaut sie über seine Halbmondbrille hinweg streng an. »Deine Klassenkameraden versuchen, für einen guten Zweck ein Schulfest zu organisieren. Ich finde, du könntest sie dabei wirklich besser unterstützen.«

»Ja, Holly«, fügt Ben mit durchtriebenem Grinsen hinzu.

Holly funkelt ihn böse an und tippt sich vielsagend mit dem Finger an die Augenbraue. Er wendet den Blick ab, das Gesicht knallrot vor Zorn. Ganz offensichtlich hat er den »Unfall« mit dem Bunsenbrenner immer noch nicht verwunden.

»Gut, dann wäre das also geklärt«, sagt Mr Matthews, steht von seinem Pult auf und geht um seinen Stuhl herum. »Wir kümmern uns um den Kuchenstand. Izzy, Vivien und

Ben, wollt ihr zur nächsten Klasse weiterziehen, während wir mit der Planung beginnen?«

»Ja, Sir. Vielen Dank, Sir«, säuselt Izzy.

»Ich bin der Liebling aller Lehrer, Sir«, murmelt Holly sarkastisch.

Beim Mittagessen unterhalten sich in der Mensa alle über das Schulfest.

»Ich weiß ja, dass sie das alles aus den völlig falschen Gründen tun«, sage ich zu Holly und hole mein Mittagessen aus meiner Schultasche. »Aber sie sammeln damit Geld für Eves Bruder. Wenigstens hat die ganze Sache am Ende etwas Gutes.«

»Hmm.« Holly beißt so kräftig in ihr Wurstbrötchen, dass sich ein Schauer aus Krümeln über ihr Kinn ergießt.

»Okay, dann lass uns mal überlegen, was für Kuchen wir backen wollen.« Ich suche in meiner Tasche nach einem Stift, muss jedoch feststellen, dass mein Mäppchen fehlt. Ich stehe auf. »Ich habe mein Mäppchen in Englisch liegen lassen. Bin gleich wieder da.«

Holly nickt und beißt erneut genüsslich in ihr Brötchen.

Als ich das Klassenzimmer erreiche, höre ich von drinnen Stimmengemurmel, gefolgt von schallendem Gelächter. Ich stoße die Tür auf und sehe Izzy, Vivien und Ben auf einem der Pulte sitzen. Sie sehen sehr zufrieden mit sich aus.

»Ich glaube, es könnten Tausende zusammenkommen«, sagt Izzy und betrachtet das Blatt Papier in ihrer Hand.

Sobald ich den Raum betrete und sie mich sehen, schlägt mir ihr Hass wie ein eisiger Windstoß entgegen. Ich gehe zu dem Pult hinüber, an dem ich gesessen habe, und schnappe mir mein Mäppchen.

»Na, wen haben wir denn da?«, sagt Vivien.

»Was ist es für ein Gefühl, so ein Loser zu sein?«, fragt Ben, hüpft vom Pult herunter und blitzt mich böse an.

»Wieso bin *ich* denn ein Loser?«, frage ich und versuche, die Übelkeit zu ignorieren, die ihr Hass in meinem Magen verursacht.

Ben lacht. »Wieso du ein Loser bist?« Er dreht sich zu Izzy um.

Sie lächelt mich nur süßlich an. »Oh, sei doch nicht so gemein, Ben. Du weißt doch, dass es gar nicht nett ist, auf anderen rumzuhacken, die nicht so viel Glück hatten wie man selbst.«

»Oh, sicher. Euch geht es natürlich nur darum, denen zu helfen, die nicht so viel Glück hatten, schon klar«, blaffe ich sie an.

Izzy reißt entsetzt die Augen auf, als hätte ich ihr damit wirklich wehgetan. »Was willst du denn damit sagen, Nessa? Hast du dich etwa gerade über Eves Bruder lustig gemacht? Wow, das ist echt krass.«

Ich spüre, wie sich meine Gedanken zu Knoten verheddern. Sie weiß, dass ich das damit *nicht* sagen wollte, aber ich wette, genau das wird sie behaupten, wenn sie Eve davon berichtet. Mist! Das sollte doch alles ganz anders laufen. Ich hole tief Luft und erinnere mich wieder an meine Unterhaltung mit Holly gestern Abend. Wir müssen ihre

Schwäche ins Visier nehmen. »Nein, eigentlich habe ich Ben damit gemeint.«

Ben macht einen Schritt auf mich zu. »Was soll das denn heißen?«

Ich lächle ihn vielsagend an. »Oh, ich bin mir sicher, dass du selbst noch dahinterkommst. Irgendwann.« Ich richte meine ganze Aufmerksamkeit auf ihn und stelle mir vor, wie ich die Worte *IZZY UND VIVIEN BENUTZEN DICH NUR* in Großbuchstaben an seinen Verstand sende. Zunächst scheint gar nichts zu passieren. Dann kratzt sich Ben am Kopf und sein Gesicht läuft knallrot an.

»Ich weiß nicht … ich weiß nicht, wovon du sprichst«, stammelt er, schaut mich jedoch nicht mehr an. Er sieht zu Izzy und Vivien hinüber und runzelt die Stirn.

Mir wird ein bisschen schwindlig, teils wegen der Anstrengung, meine Gedanken in seinen Kopf zu projizieren, teils vor Aufregung, weil es erneut geklappt zu haben scheint.

Ich schaue Izzy an und bedenke sie mit einer Kopie ihres eigenen widerlich süßen Lächelns. »Tja, wir werden ja sehen, wer die wahren Loser sind«, sage ich dann, bevor ich mein Federmäppchen einstecke, mich umdrehe und zur Tür hinausgehe.

Die Stille im Klassenzimmer hinter mir ist ohrenbetäubend.

16

»Das ist so frustrierend!«, ruft Holly aus, während wir Vivien und Ben dabei zusehen, wie sie ein riesiges Banner über dem Schuleingang hochhieven und Izzy ihnen Anweisungen zubrüllt. »Egal, wo man hinschaut, alles hat mit diesem Fest zu tun. Es ist, als würden sie es uns permanent unter die Nase reiben. Als würden sie überall inserieren, dass sie gewonnen haben.«

»Sie haben nicht gewonnen«, erwidere ich mit fester Stimme, packe Holly am Arm und ziehe sie mit mir fort.

Es ist die Mittagspause am nächsten Tag, und die Schule sieht aus wie die Kulisse einer dieser Fernsehsendungen, in denen alte Häuser einer Komplettrenovierung unterzogen werden. Sämtliche verfügbaren Wandflächen sind mit Postern, Bannern und Wimpelgirlanden bedeckt, die das Schulfest ankündigen.

»Wir sollten es Mr Bailey sagen«, findet Holly, ihre Augen vor Entrüstung weit aufgerissen. »Wir sollten ihm sagen, was sie wirklich vorhaben.«

»Oh ja, toller Plan«, erwidere ich sarkastisch. »Und was genau sollen wir ihm erzählen? *Oh, hi, Mr Bailey. Sie ken-*

nen doch Izzy, Vivien und Ben, die Sie für die mitfühlendsten menschlichen Wesen seit Mutter Teresa halten? Na ja, in Wahrheit sind die drei Hexen und veranstalten dieses Fest nur, damit sie ihre Penta zuerst vollenden und ihre bösen Kräfte dafür einsetzen können, unser Leben und das aller anderen zu zerstören. Ja, ich bin mir sicher, dass er das verstehen wird.«

Wir schauen einander einen Moment lang an und seufzen tief.

»Komm, wir verdrücken uns auf die Mädchentoilette«, schlägt Holly vor und setzt sich in Bewegung. »Das ist so ungefähr der einzige Ort, an dem wir vor der Feier noch unsere Ruhe haben.«

Sobald wir die Toilette betreten, runzelt Holly die Stirn und nickt in Richtung der Kabinentüren. Eine von ihnen ist geschlossen. Ich will gerade eine belanglose Bemerkung übers Wetter machen, als ich ein Schluchzen aus der Kabine höre.

»Aber das verstehe ich nicht«, sagt eine erstickte Stimme. »Ich dachte, es bestünde noch eine Chance.«

Holly und ich starren einander an und stehen wie angewurzelt da.

»Aber vorher haben sie doch etwas anderes behauptet«, sagt die Stimme, diesmal lauter und klarer.

»Eve?«, frage ich Holly stumm. Sie nickt.

»Aber der Arzt in London hat doch gesagt, dass er eines Tages vielleicht wieder gehen kann«, bringt Eve unter Schluchzen hervor. »Er hat doch gesagt, dass es noch Hoffnung gibt. Was hat sich denn plötzlich geändert?«

Ich spüre unendlich tiefen Kummer, der unter der Kabinentür hindurchsickert und mich wie dichter Nebel umhüllt. Ich winke Holly zu, mir zu folgen, und wir verlassen die Toilette auf Zehenspitzen wieder. Eine so persönliche Unterhaltung sollten wir auf gar keinen Fall belauschen.

»Wow, das klang wirklich ernst«, sagt Holly, sobald wir wieder im Flur stehen.

Ich nicke. »Wahrscheinlich gibt es schlechte Nachrichten wegen ihres Bruders.« Ich schüttle die Arme aus und versuche, den Kummer loszuwerden, der immer noch an mir hängt. »Ich wünschte, wir könnten sie irgendwie trösten. Ich wünschte, sie würde uns nicht für …«

»Verrückt halten? Für irre?«, beendet Holly den Satz.

Ich nicke.

Holly seufzt. »Und dann glaubt sie auch noch ernsthaft, dass Izzy die Sonne aus dem Hintern scheint. Oh, diese Ironie. Komm jetzt, es klingelt gleich. Geschichte steht an.«

Ich folge ihr mit schwerem Herzen den Flur hinunter.

Im Geschichtsunterricht ist Eve nirgendwo zu sehen. Sie muss nach Hause gegangen sein. Ich bin froh darüber. Im Kreise ihrer Familie geht es ihr sicher besser als mit dem falschen Mitgefühl von Izzy, Vivien und Ben. Miss Maxwell hat einen Multiple-Choice-Test für uns vorbereitet, und obwohl mir Tests normalerweise keinen besonders großen Spaß machen, bin ich ausnahmsweise erleichtert darüber. Ich brauche irgendetwas anderes, auf das ich mich konzentrieren kann, um meinem Gehirn eine Pause zu gönnen und nicht ständig über die Bluthexen nachzudenken. Ich habe jedoch erst zwei Fragen geschafft, als ich Izzy und Vivien hinter mir flüstern höre.

»Wie sich herausstellt, bin ich ein ausgezeichneter Arzt«, sagt Vivien und Izzy lacht herzlich.

Dann flüstert Vivien noch etwas anderes. Ich kann sie nicht richtig verstehen, aber ich höre immerhin die Worte »wird nie mehr gehen können« und »muss nach Amerika«.

Mir stellen sich die Nackenhaare auf.

»Und sie hat es dir wirklich geglaubt?«, höre ich Izzy fragen.

»Ja. Ist komplett drauf reingefallen«, antwortet Vivien.

Ich starre auf meinen Test hinunter. Sämtliche Fragen verschwimmen zu einem riesigen Durcheinander aus wirren Buchstaben. Die einzigen Fragen, an die ich jetzt noch denken kann, haben allein mit den Bluthexen zu tun. War Vivien am anderen Ende der Leitung, als Eve vorhin auf der Toilette telefoniert hat? Hat sie ihre Kräfte als Mimin dazu benutzt, ihr vorzuspielen, sie sei Arzt? Aber warum sollte ein Arzt Eve anrufen? Das ergibt doch überhaupt keinen Sinn.

Ich lehne mich vorsichtig auf meinem Stuhl zurück und spitze die Ohren, um zu hören, was Vivien als Nächstes sagt.

»Ich schätze, ihre Mum ist wohl genauso leichtgläubig wie sie«, flüstert Vivien.

»Ja, wie die Mutter, so die Tochter«, flüstert Izzy zurück.

»Und das Beste ist, dass sie jetzt glauben, es sei ihre einzige Hoffnung, nach Amerika zu gehen. Dann werden sie uns noch dankbarer sein, weil wir so viel Geld für sie gesammelt haben.«

Miss Maxwell hebt den Blick und sieht Vivien stirnrunzelnd an. »Schhh«, zischt sie.

»Entschuldigung, Miss«, ruft Vivien.

Ich schaue Holly an. Sie starrt auf ihr Pult hinunter und sieht genauso entsetzt aus, wie ich mich fühle. Sie muss die beiden auch gehört haben.

Der Rest der Stunde vergeht so langsam, dass ich mir irgendwann sicher bin, dass die Uhr im Klassenzimmer rückwärts läuft. Irgendwann klingelt es aber doch zum Schulschluss und Holly und ich stürmen nach draußen. Wir sagen kein Wort, bis wir die Einfahrt bereits zur Hälfte hinter uns gelassen haben.

»Was haben sie denn jetzt schon wieder vor?«, frage ich Holly.

»Du hast doch gehört, was Vivien gesagt hat. Sie wollen, dass Eve ihnen wegen der Organisation der Wohltätigkeitsfeier noch dankbarer ist«, erwidert Holly.

»Aber sie ist doch sicher schon dankbar genug, oder? Warum sollten sie ihr denn noch mehr wehtun wollen?«

»Weil sie böse sind.« Holly seufzt frustriert.

»Das ist so schrecklich«, sage ich und zittere richtig, obwohl die Sonne scheint. »Denk doch nur mal daran, was Eves Familie jetzt gerade durchmachen muss.« Ich packe Holly am Arm. »Wir müssen es ihnen sagen. Wir müssen ihnen sagen, dass es nicht wahr ist.«

Holly schüttelt den Kopf. »Wie sollen wir das denn anstellen? Eve und ihre Mum hassen uns sowieso schon und glauben, dass wir ihnen nur Kummer bereiten wollen. Wenn wir jetzt bei ihnen auftauchen und ihnen erzählen, dass sich mit dem Anruf nur jemand einen üblen Scherz erlaubt hat, dann werden sie uns das niemals glauben. Vielleicht würden sie sogar denken, dass wir selbst dahinterstecken. Und dann wird Eve uns nur noch mehr hassen.«

Ich blicke verzweifelt auf den Boden.

Holly hakt sich bei mir unter. »Komm mit.«

»Wo gehen wir denn hin?«

»An den Ort, der es jedes Mal schafft, dass du dich wieder besser fühlst«, antwortet sie. »Zur Eiche.«

17

In der Nacht vor der Schulfeier mache ich kaum ein Auge zu, und wenn ich zwischendurch doch mal einnicke, habe ich einen Albtraum über die Bluthexen: Izzy und Vivien gackern gehässig, während sie sämtliches Geld aus der Kasse des »Paper Soul« klauen und Ben durch die Wände von Tante Claras Haus geistert und überall Banner mit der Aufschrift *BLUTHEXEN FÜR IMMER!* aufhängt.

Sobald das Licht der Morgendämmerung durch die Lücke zwischen meinen Vorhängen kriecht, stehe ich auf. Ich würde gerne allem entfliehen und auf meiner Gitarre spielen, aber weil ich Tante Clara nicht wecken will, schicke ich stattdessen meinem Dad eine Nachricht. Bei ihm ist es später Vormittag, und ich hoffe, dass ich ihn in seiner Pause erwische.

Hey, hast du Zeit zu plaudern? lol xxx

Ich sitze im Schneidersitz auf meinem Bett, starre auf mein Handy hinunter und versuche, es mit bloßem Willen dazuzubringen, dass es klingelt. Eine Unterhaltung mit Dad würde mich daran erinnern, dass es auch noch ein Leben außerhalb von Fairhollow gibt, weit weg von den Bluthexen.

Aber das Handy bleibt stumm. Ich stelle mich ans Fenster und schaue hinaus. Die mit braunen Ziegeln gedeckten Dächer und schiefen Schornsteine sehen richtig altmodisch und malerisch aus und das Sonnenlicht taucht alles in goldenen Glanz. Es sieht so perfekt aus, so normal.

Ich muss an das Wohltätigkeitsfest denken, an Izzy, Ben und Vivien, die wie Superhelden gefeiert werden. Was, wenn sie heute den nächsten Schritt machen? Was, wenn sie Eve heute fragen, ob sie eine Bluthexe werden will, und sie ihnen so dankbar ist, dass sie sich ihnen wirklich anschließt? Dann habe ich nicht die geringste Chance, sie aufzuhalten, vor allem, weil Holly mit ihren Eltern mal wieder übers Wochenende verreist ist. Sobald sich eine Hexe für eine Seite entscheidet, war es das. Falls sie ihre Meinung anschließend doch noch ändert, hat dies fatale Konsequenzen – wie auch meine Mum auf so tragische Weise erfahren musste.

Die Angst bohrt sich tief in meinen Magen. Ich höre Tante Clara im Haus rumoren und Erleichterung erfüllt mich. Ich muss sie um Rat fragen. Ich schlüpfe in meinen Morgenmantel und gehe nach unten.

Als ich in die Küche komme, steht Tante Clara am Herd und macht Mandelmilch in einem Topf warm. Sie trägt ihren langen smaragdgrünen Morgenmantel, durch den ihr Haar noch röter aussieht.

»Für einen Samstag bist du aber früh auf den Beinen«, sagt sie und betrachtet mich besorgt. »Geht's dir gut?«

»Jaja, alles in Ordnung.« Ich setze mich an den Tisch und versuche, ruhig zu wirken. Ich will sie nicht in Panik versetzen.

»Ich glaube, du vergisst da etwas, Nessa.« Sie nimmt eine Packung mit Haferflocken aus dem Schrank und dreht sich zu mir um.

»Was denn?«

Sie lächelt. »Einer Empathin kannst du nichts vormachen. Meine Kräfte sind zwar nicht mehr das, was sie mal waren, aber ich kann deine Besorgnis trotzdem deutlich spüren.«

Ich muss lachen und werfe mit gespielter Kapitulation die Hände in die Luft. »Okay, schon gut. Ich mache mir einfach nur Sorgen wegen der Schulfeier. Was, wenn sich Eve den Bluthexen anschließt? Was sollen wir dann nur tun?«

Tante Clara nimmt den Topf vom Herd und setzt sich neben mich. »Glaubst du wirklich, dass das heute passieren wird?«

Ich spiele an einem Riss in der Holzplatte des Tischs herum. »Warum denn nicht? Ich meine, nachdem sie Eve das Geld für ihren Bruder gegeben haben, wird sie ihnen unendlich dankbar sein.«

Tante Clara runzelt die Stirn. »Ja, aber überleg doch nur mal, wie sie reagiert hat, als du und Holly versucht habt, sie auf eure Seite zu ziehen. Du hast doch selbst gesagt, dass sie vielleicht noch gar nicht in der Lage ist, ihre Kräfte zu kontrollieren, und sich schuldig fühlt wegen dem, was sie getan hat.«

»Ich weiß, aber wir hatten vorher ja auch nichts Nettes für sie getan. Wir sind einfach bei ihr zu Hause reingeplatzt, ohne nachzudenken. Die Bluthexen haben sich Zeit gelassen. Sie haben sich ihr Vertrauen erschlichen – obwohl sie es gar nicht verdienen.«

Tante Clara nickt nachdenklich. »Wie wäre es, wenn ich heute mit dir komme – und dafür sorge, dass nichts Schlimmes passiert?«

Ich starre sie an. »Ehrlich? Aber was ist dann mit dem Laden?«

»Ich bin mir sicher, dass Danny für eine Weile ohne mich zurechtkommt.« Tante Clara nimmt meine Hand. »Du solltest das nicht allein durchstehen müssen. Das ist zu viel für einen.«

Ich spüre, wie eine mächtige Welle der Liebe von ihr zu mir schwappt. Sie fühlt sich warm und tröstlich an und spült all meine Angst fort. »Danke.«

»Gerne.« Tante Clara steht auf und kehrt an den Herd zurück. »Aber jetzt frühstücken wir erst mal. Nach einer Schüssel Haferbrei mit Mandelmilch sieht die Welt schon wieder ganz anders aus.«

Es gab einmal eine Zeit, in der ich diese Aussage ernsthaft angezweifelt hätte, aber jetzt nicht mehr. Im Moment kann ich mir tatsächlich nichts Tröstlicheres vorstellen.

Tante Clara und ich verbringen den Morgen damit, Brownies für den Kuchenverkauf zu backen, und treffen erst am Nachmittag in der Schule ein, als die Feier bereits in vollem

Gange ist. Der Schulhof ist voller dekorierter Stände und aus den Lautsprechern knistert heitere Musik. Es wimmelt nur so von Schülern und ihren Familien. Trotzdem ist es ein schreckliches Gefühl, dass etwas so Fröhliches und Ausgelassenes einen so finsteren Kern hat. Es ist wie rosa Zuckerwatte, in der sich das Wort *BÖSE* versteckt.

»Bringen wir erst mal die Brownies an den Kuchenstand«, schlägt Tante Clara vor und drückt aufmunternd meinen Arm.

Als wir an der Tombola vorbeikommen, sehen wir Vivien, die sich mit dem Mädchen unterhält, das für den Stand zuständig ist.

»Wir haben schon fast dreihundert Pfund eingenommen«, verkündet das Mädchen aufgeregt.

Vivien lächelt triumphierend. »Gut gemacht. Aber ich bin mir sicher, dass ihr noch mehr schafft. Denk doch nur mal an Eves armen Bruder.«

»Natürlich«, erwidert das Mädchen, bevor es sich abwendet und die Leute laut rufend zum Loskauf animiert.

Mir dreht sich der Magen um und ich wende mich angewidert ab.

»Lass dich davon nicht aus der Ruhe bringen«, sagt Tante Clara und geht weiter.

»Aber wie soll ich das machen?«, frage ich und muss rennen, um mit ihr Schritt zu halten. »Was sie tun, ist einfach so falsch.«

Tante Clara bleibt wieder stehen und sieht mich an. Ihre Augen sind noch dicker mit Eyeliner umrandet als normalerweise. Ich frage mich, ob sie sich absichtlich so geschminkt hat, um entschlossener auszusehen. Falls ja, funktioniert es definitiv. »Weißt du noch, was ich damals über die Bluthexen zu dir und Holly gesagt habe? Darüber, dass sie selbst ihre schlimmsten Feinde sind?«

Ich nicke.

»Tja, das hier ist ein perfektes Beispiel dafür. Sie werden nicht zufrieden damit sein, nur dieses Fest zu organisieren, um Eve auf ihre Seite zu ziehen – ihre Gier wird sie auch dazu verleiten, das Fest dazu zu missbrauchen, den Leuten ihr Geld zu stehlen. Und damit werden sie sich ins eigene Fleisch schneiden, du wirst schon sehen.«

Ich nicke wieder und wünschte, ich könnte ihr glauben.

Als wir den Kuchenstand erreichen, wirft Mr Matthews vor Freude die Hände in die Luft. »Clara, meine Liebe!«, ruft er und lässt vor lauter Begeisterung seinen Kugelschreiber auf eine Platte mit Marmeladentörtchen fallen. »Wie schön, dich zu sehen.« Er dreht sich zu mir um und grinst mich an. »Es ist das reinste Vergnügen, erneut ein Hamilton-Mädchen unterrichten zu dürfen. Und ist sie Celeste nicht unglaublich ähnlich?«

Tante Clara nickt, und dann schauen mich die beiden sehnsuchtsvoll an, so als würden sie an meine Mum denken. Ich spüre, wie sich der doppelte Kummer mit meinem eigenen vermischt. Heute scheine ich sämtliche Emotionen sehr leicht einzufangen. Der Stress wegen der Feier muss mich hypersensibel gemacht haben. Ich schlucke die Gefühle hinunter. Ich kann es mir heute nicht erlauben, so empfindsam zu sein. Ich muss stark bleiben.

»Wie läuft es, Mr Matthews?« Izzy schwirrt zu uns herüber und grinst, als hätte sie gerade im Lotto gewonnen. Sie trägt ein T-Shirt mit der Aufschrift *LOVE* über der Brust. Das O in *LOVE* ist ein Herz aus Pailletten. Ich unterdrücke den Drang, sie zu fragen, ob die Shirts mit der Aufschrift *HATE* im Laden schon ausverkauft waren.

»Oh, hi, Nessa«, säuselt sie süßlich. Dann wirft sie einen Blick auf die Kuchendose in Tante Claras Hand. »Sind die für unseren Stand?«

Tante Clara nickt und spitzt angespannt die Lippen.

»Das ist so nett von Ihnen. Ich bin wirklich ein großer Fan Ihrer Backkünste.«

Ich höre, wie Tante Clara kurz und scharf nach Luft schnappt, und spüre, wie die Wut in so heißen Wellen aus ihrem Körper schwappt, dass sie förmlich auf meinem Gesicht brennt.

Izzy nimmt ihr die Dose ab und reicht sie Mr Matthews. »Wie viel Geld haben Sie bisher eingenommen, Sir?«

Mr Matthews kratzt sich am Kopf. »Oh weh, ich fürchte, das weiß ich nicht. Wir waren so beschäftigt, dass ich noch gar keine Zeit hatte, es zu zählen.«

Izzy tätschelt seinen Arm. »Keine Sorge, Sir. Ich zähle es gerne für Sie.«

»Wenn es dir nichts ausmacht.« Mr Matthews reicht ihr die Geldkassette. »Das ist wirklich nett von dir.«

Ich spüre, wie noch mehr glühend heiße Wut aus Tante Clara strömt, und allmählich wird mir schwindlig.

»Gar kein Problem.« Izzy öffnet die Kasse. Sie ist voller Geldscheine, die sie in ihre Jeanstasche stopft, während ein listiges Lächeln auf ihren Lippen tanzt. Ich muss jeden einzelnen Muskel in meinem Körper anspannen, um mich nicht auf sie zu stürzen.

»Tja, ich würde ja gerne noch bleiben und weiterplaudern, aber ich habe eine Wohltätigkeitsfeier zu organisieren«, sagt Izzy und kommt wieder hinter dem Stand hervor. »Und Geld zu zählen«, fügt sie leise hinzu, als sie an mir vorbeigeht.

Mein Schädel beginnt zu pochen. Hinter mir ist ein lautes Scheppern zu hören, als jemand beim Dosenwerfen abräumt. Ich habe das Gefühl, mein Hirn hätte sich in zwei Teile gespalten.

»Es ist so wundervoll, was sie tun«, sagt Mr Matthews und blickt Izzy stolz hinterher. Seine Worte hallen in meinem Kopf wider. *»Wundervoll, wundervoll, wundervoll … tun, tun, tun.«*

Mir wird richtig übel und ich wende mich ab.

Die nächste Stunde zieht wie im Nebel an mir vorbei. Meine Kopfschmerzen werden immer schlimmer. Egal, wo ich hinschaue, es kommt mir vor wie ein schlecht eingestellter Fernsehsender. Die Farben sind zu grell, die Musik, das Gerede und das Lachen zu laut. Obwohl ich aufpasse, Izzy, Ben und Vivien nicht zu nahe zu kommen, spüre ich das Böse in ihnen, das wie dichter, schmutziger Smog über dem Schulhof hängt. Endlich nähert sich die Feier dem Ende, und Mr Bailey bittet alle Besucher, sich um die kleine Bühne in der Mitte des Schulhofs zu versammeln. Eve, ihre Mum und ihr Dad stehen verlegen neben ihm. Sie sehen alle ziemlich blass und erschöpft aus, mit dunklen Ringen unter den Augen. Sie müssen wegen George am Boden zerstört sein. *Aber es ist gar nicht wahr*, will ich ihnen zurufen. *Es besteht immer noch Hoffnung.*

Izzy, Vivien und Ben gesellen sich ebenfalls zu ihnen. Izzy hat eine Geldschatulle in der Hand. Ich wünschte, ich könnte allen erzählen, was sie wirklich für ein Motiv haben. Aber dann würde *ich* wie die Böse dastehen, die versucht, eine Wohltätigkeitsfeier zu stören. Ich verschränke fest die Arme vor der Brust und versuche, mich dadurch stärker und entschlossener zu fühlen.

»Ich möchte Sie alle um einen herzlichen Applaus für die Schüler bitten, die unermüdlich dafür gearbeitet haben, diesen Tag so kurzfristig auf die Beine zu stellen«, dröhnt Mr Bailey ins Mikrofon. »Izzy, Vivien und Ben.«

Alle klatschen und jubeln. Eves Eltern schauen Izzy so unendlich dankbar an, dass ich mich an Tante Clara anlehnen muss, um nicht umzukippen.

»Geht's dir gut?«, flüstert sie.

Ich nicke, fühle mich jedoch furchtbar. So als sei ich in einem Albtraum gefangen, dem ich nicht entfliehen kann.

»Danke. Vielen, vielen Dank«, sagt Izzy atemlos ins Mikrofon und strahlt die Menge mit ihrem falschen Lächeln an. »Aber eigentlich hat Eves Familie diesen Applaus verdient.« Sie setzt eine sorgenvolle Miene auf. »Sie haben so viel durchgemacht.«

Alle klatschen erneut und Eves Mum wischt sich eine Träne aus einem Auge.

»Wir haben gerade alle Einnahmen des heutigen Tages zusammengezählt«, fährt Izzy fort und hebt die Schatulle hoch.

»Und ich freue mich so sehr, euch mitteilen zu können, dass wir fast tausend Pfund eingenommen haben.« Sie blickt Eves Eltern an. »Ich weiß, dass das nicht ausreicht, um George die Behandlung in Amerika zu ermöglichen, aber das ist erst der Anfang. Vivien, Ben und ich werden weiter Wohltätigkeitsveranstaltungen organisieren, bis wir genügend Geld zusammenhaben.« Sie reicht Eves Mum die Schatulle.

Eves Mum nimmt Izzy in den Arm und mir dreht sich der Magen um.

»Gut, dann fehlt ja nur noch eins«, sagt Izzy und hebt einen Eimer vom Boden auf. »Wir müssen den Gewinner der Tombola verkünden! Mr Bailey, möchten Sie das Gewinnerlos ziehen?«

Ich sehe, wie Vivien und Ben sich hinterlistig zugrinsen, als Mr Bailey zu ihnen geht. »Aber gerne!« Er steckt eine Hand in den Eimer und zieht ein Los heraus.

»Und der Gewinner ist …«, verkündet er und faltet das Los auseinander, »die Nummer zweihundertdreiunddreißig.«

»Das bin ich!«, ruft ein Junge hinter mir.

Ich drehe mich um und sehe Viviens Bruder, der mit einem Los in der Luft herumwedelt. Meine Haut kribbelt vor Misstrauen. Haben die Bluthexen irgendwie die Tombola manipuliert, damit sie dabei auch noch gewinnen?

»Herzlichen Glückwunsch!«, sagt Mr Bailey. »Du hast eine Gitarre gewonnen, die uns der Musikladen in der Hauptstraße freundlicherweise gespendet hat.«

Als Viviens Bruder auf die Bühne geht, um seinen Preis entgegenzunehmen, werfe ich Izzy einen wütenden Blick zu. Sie schaut mir mit wissendem Grinsen direkt in die Augen. *Wir haben gewonnen, und es gibt nichts, was du dagegen tun könntest*, scheint es zu sagen. Ich wende mich von ihr ab.

»Oh, eine Sache noch«, ruft Izzy ins Mikrofon. »Wir wollen bei mir zu Hause direkt weitermachen und den Erfolg dieser Veranstaltung feiern – und ihr seid alle herzlich willkommen.«

Ich schaue Tante Clara an. Allein die Vorstellung, Izzys Haus zu betreten, ist grauenvoll. Es war schon schlimm genug, mich den ganzen Nachmittag auf demselben Schulhof mit ihnen aufzuhalten. Aber wenn ich nicht hingehe, kann ich sie und Eve auch nicht im Auge behalten. Tante Clara legt eine Hand auf meinen Arm. »Willst du, dass ich stattdessen hingehe?«, bietet sie mir an.

»Woher wusstest du …? Oh!« Ich lächle, als mir bewusst wird, dass sie meine Gedanken eingefangen haben muss. »Bist du sicher?«

Tante Clara nickt. »Izzys Mutter und ich kennen uns schon ewig. Es könnte vielleicht nicht schaden, sie wissen zu lassen, dass ich wieder praktiziere – und dass du und Holly nicht die einzigen Silberhexen in Fairhollow seid.«

Ich drücke sie ganz fest an mich. »Danke.«

»Du gehst am besten direkt nach Hause und ruhst dich aus«, sagt Tante Clara. »Du siehst total erledigt aus.«

Ich runzle die Stirn. »Aber bist du wirklich sicher, dass du da alleine hingehen willst?«

Tante Clara nickt energisch und ihr roter Bob schaukelt. »Natürlich. Ich gehe mit Mr Matthews. Dann können wir in Erinnerungen darüber schwelgen, wie ich ihm das Leben zur Hölle gemacht habe. Ich komme schon zurecht.«

Beruhigt mache ich mich auf den Nachhauseweg. Doch als ich die Abzweigung zur Hauptstraße erreiche, kann ich der Versuchung nicht widerstehen, stattdessen dem Pfad zur Eiche hinauf zu folgen. Nach all dem Stress an diesem Nachmittag hoffe ich, dass der Baum mir dabei helfen wird, mich wieder stärker zu fühlen.

Ich lasse mich zwischen seinen riesigen knorrigen Wurzeln nieder und lehne mich gegen den mächtigen Stamm. Doch anstatt zu spüren, wie seine Stärke auf meinem Rücken kribbelt, kochen die Anspannung, die Wut und die Schmerzen des heutigen Tages in mir hoch und ich fange an zu weinen. Ich stelle mir Eve bei Izzys Party vor, wie sie – vollkommen überwältigt vor Dankbarkeit – einwilligt, sich den Bluthexen anzuschließen. Dann muss ich daran denken, wie meine Mum von einer Silber- zur Bluthexe wurde, um mein Leben zu retten.

Während ich schluchzend so dasitze, brechen auch all die anderen finsteren Gedanken, die ich die ganze Zeit tief in mir vergraben habe, aus mir heraus. Ich habe es allein der entsetzlichen Entscheidung meiner Mum zu verdanken, dass ich noch am Leben bin. Sie hat sich den Bluthexen angeschlossen, um mich von einer schrecklichen Kinderkrankheit zu heilen. Und dann ist sie bei einem Zauber gestorben, der schiefgelaufen ist. Diese grauenvolle Entscheidung ist der Grund dafür, dass sie tot ist. Ich trage die Schuld am Tod meiner Mum. Ich fühle mich vor Kummer völlig überwältigt, und jetzt, wo ich einmal damit angefangen habe, habe ich das Gefühl, als könnte ich nie wieder aufhören zu weinen.

Doch ganz langsam, während die Sonne hinter den Bäumen versinkt, beginnt der Schmerz zu verblassen. Irgendwann rapple ich mich wieder auf und umklammere Mums Medaillon ganz fest. Was mit ihr passiert ist, war eine Tragödie, aber ich kann jetzt nichts mehr dagegen tun. Es ist endgültig vorbei. Aber die Bluthexen haben noch nicht gewonnen. Selbst wenn sie Eve auf ihre Seite ziehen, sind sie erst zu viert. Auch dann besteht immer noch Hoffnung. Und solange noch Hoffnung besteht, darf ich nicht aufgeben.

Ich gehe den Pfad wieder hinunter und wiederhole die Worte immer wieder in meinem Kopf. *Ich darf nicht aufgeben. Ich darf nicht aufgeben.*

18

Als ich ins »Paper Soul« zurückkomme, helfe ich Danny, im Café sauber zu machen und den Laden abzuschließen. Dann gehe ich in die Küche und mache mir eine heiße Schokolade. Ich frage mich, wie Tante Clara auf der Party zurechtkommt. Mein Handy piepst mit einer Nachricht von Holly.

Wie ist es gelaufen? Hxx

Nicht so toll. Wie läuft es mit deinen Eltern? xoxo

Sie haben mich ins Theater geschleppt, in ein Stück über eine Gerichtsverhandlung!!! Ist das zu fassen? Selbst wenn sie nicht arbeiten, schauen sie sich Theaterstücke über ihre Arbeit an!!! L
Aber was meinst du mit nicht so toll? Sie haben Eve doch nicht überredet, sich ihnen anzuschließen, oder?! Hxx

Nein – jedenfalls glaube ich das nicht. Ich hab dich heute wirklich vermisst. xoxo

Ich vermisse dich auch! Hxx

Ich lege das Handy auf den Tisch und nippe an meiner heißen Schokolade. Dank der süßen Wärme des Getränks und dank Hollys Nachrichten fühle ich mich schon ein bisschen besser. Ich stelle mir das Best-Case-Szenario vor: Der Plan der Bluthexen geht nicht auf. Eve schließt sich ihnen nicht an. Ihr Bruder kann wieder gehen. Wir erzählen ihr die ganze Wahrheit und sie schließt sich stattdessen uns an. Es kommt mir ungefähr so glaubhaft vor wie ein Märchen.

Ich höre, wie die Tür unten zuknallt, gefolgt von Schritten auf der Treppe. Tante Clara! Bitte mach, dass sie gute Nachrichten mitbringt!

Ich springe auf, als sie in die Küche kommt, und suche ihre Miene nach Hinweisen ab. Zwischen ihren Augenbrauen sind zwei tiefe Falten, wie von einem Klauenabdruck. Das ist gar nicht gut.

»Wie ist es gelaufen?«, will ich wissen, obwohl ich mich kaum zu fragen traue.

Tanta Clara lässt sich schwer auf dem Stuhl neben mir nieder und kickt ihre Schuhe von den Füßen. »Nicht gut«, antwortet sie trübsinnig. »Gar nicht gut.«

Ich setze mich wieder. »Warum? Was ist denn passiert?« Die Angst legt sich wie ein Schraubstock um meinen Kopf. »Eve hat sich ihnen doch nicht angeschlossen, oder?«

»Nein. Oder zumindest noch nicht.«

»Was meinst du denn damit, *noch nicht?*«

»Ich hatte völlig vergessen, mit wem wir es hier zu tun haben.«

Tante Clara massiert sich die Schläfen. Ich habe sie noch nie so gestresst gesehen. Nicht mal, als Izzy fast ihre Küche niedergebrannt hätte. »Die Eltern dieses Mädchens sind das personifizierte Böse.«

Ich stelle mir Clara in meinem Alter vor, wie sehr ihr Leben meinem geglichen haben muss, als sie und meine Mum gegen Izzys Mum und Dad kämpften. Und dann kommt mir ein grauenvoller Gedanke. »Hatten Izzys Eltern etwas damit zu tun, dass Mum eine Bluthexe wurde?«

Tante Clara nickt und sieht aus, als sei sie den Tränen nahe. »Ich dachte, ich könnte das alles verdrängen, indem ich einfach nicht mehr praktiziere. Ich dachte, ich könnte so tun, als sei es nie passiert. Selbst als du zu mir gezogen bist und mir bewusst wurde, dass ich es unmöglich für immer ignorieren kann … war mir nicht klar, wie schmerzhaft es sein würde, ihnen erneut zu begegnen. Und zu sehen, dass sich rein gar nichts verändert hat.«

»Was meinst du denn damit?«

»Izzy hat ihre Eltern für ihren Plan eingespannt. Heute, bei der Party, ist ihr Dad Eves Eltern die ganze Zeit gefolgt und hat ihnen nachspioniert.«

»Wie denn?«

»Er kann sich unsichtbar machen. Ich konnte ihn spüren. Er war die ganze Zeit in ihrer Nähe und hat sie offensichtlich belauscht, in der Hoffnung, irgendetwas aufzuschnappen, das Izzy und die anderen zu ihrem Vorteil nutzen können.« Tante Clara lehnt sich auf ihrem Stuhl zurück und sieht mich an. »Ich weiß einfach nicht, wie wir gegen sie gewinnen sollen, Nessa.«

In dieser Nacht kann ich nicht schlafen. Ich liege auf meinem Bett unter dem Fenster, die Vorhänge sind nicht zugezogen und ich blicke zu den Sternen empor. *Was soll ich nur tun?*, frage ich immer wieder. *Wie können wir sie besiegen?* Aber jede meiner Ideen ist noch lächerlicher als die vorherige. Als ich anfange, ernsthaft darüber nachzudenken, Eve zu entführen, um sie den Fängen der Bluthexen zu entreißen, weiß ich, dass ich es gut sein lassen sollte. Ich rolle mich auf die Seite und schließe die Augen. Wenn Holly wieder zurück ist, fällt uns hoffentlich etwas ein. Am Montag in der Schule schaffen wir den entscheidenden Durchbruch, rede ich mir ein, bevor ich endlich in unruhigen Schlaf sinke.

Die Bluthexen landen ihren nächsten Schlag, noch bevor die erste Stunde überhaupt angefangen hat.

»Eve, Eve, wir haben ein Geschenk für dich!«, ruft Izzy, als sie mit Ben und Vivien ins Klassenzimmer kommt.

Eve blickt von ihrem Pult auf und strahlt sie an. »Ehrlich? Was denn?«

Izzy legt eine Plastiktüte vor ihr auf den Tisch. »Mach's auf und schau nach.«

Holly und ich sehen zu, wie Eve einen Karton aus der Tüte zieht. »Ein iPad?«, stößt sie ungläubig aus und ihre Wangen erröten.

»Ja.« Izzy wirft mir einen triumphierenden Blick zu.

Eve runzelt die Stirn. »Aber das verstehe ich nicht. Die sind wahnsinnig teuer.«

Holly knufft mich in die Seite. »Vielleicht sind sie diesmal ja doch zu weit gegangen.«

Ich halte den Atem an.

Izzy lacht. »Du hast mein Haus doch gesehen. Ein Vorteil, wenn man so reiche Eltern hat, ist das üppige Taschengeld. Und außerdem wollte ich dir etwas ganz Besonderes schenken. Du hast so eine schwere Zeit durchgemacht.«

Eve lächelt wieder und mir wird ganz schwer ums Herz. »Das ist unglaublich«, sagt sie. »Ehrlich. Ich weiß gar nicht, wie ich dir dafür danken soll.«

»Oh, ich bin sicher, da fällt mir schon was ein«, erwidert Izzy mit einem verschlagenen Grinsen in meine Richtung.

Ich komme mir vor, als würde ich schrumpfen. So als hätte jemand ein Netz über mich geworfen und würde es ganz eng zusammenziehen.

19

Am nächsten Tag, als Holly und ich ins Klassenzimmer kommen, sitzt Eve mit Izzy, Vivien und Ben über ihr neues iPad gebeugt. Sie schauen sich einen Filmtrailer an und Eve kriegt sich kaum noch ein vor Lachen.

»Ich glaube nicht, dass ich Eve schon jemals habe lachen sehen«, brummt Holly trübsinnig, als wir uns setzen.

»Das sieht wirklich nach Spaß aus«, ruft Eve, als der Trailer zu Ende ist.

»Oder so glücklich«, murmele ich. Die Bluthexen haben es geschafft, dass sich Eve in ihrer Gesellschaft so sehr entspannt, dass es sicher nicht mehr lange dauern wird, bevor sie den letzten Schritt wagen und sie fragen, ob sie sich ihnen anschließen will.

»Wir schauen uns den Film heute Abend im Kino an«, sagt Izzy. »Warum kommst du nicht einfach mit?«

»Ehrlich?« Eve starrt Izzy mit einer Mischung aus Schock und Dankbarkeit an.

»Na klar.«

Ich ziehe mein Handy aus der Tasche und suche schnell

nach dem Kinoprogramm. Im Gegensatz zu den riesigen Multiplex-Centern in London hat das Kino in Fairhollow nur einen Saal und zeigt immer nur einen Film.

»Oh mein Gott, schau dir das mal an!« Ich reiche Holly das Handy.

Der Film, der heute Abend läuft, heißt *Welt der Hexen. Stell dir eine Welt vor, die von Hexen beherrscht wird*, lautet der Untertitel. »Sie haben garantiert vor, sie heute Abend zu fragen«, flüstere ich. »Wenn sie sich diesen Film zusammen anschauen, bietet sich ihnen die perfekte Gelegenheit, darüber zu sprechen, dass sie Bluthexen sind.«

Holly gibt mir das Handy zurück. »Wir müssen auch ins Kino gehen«, erwidert sie. »Wir müssen sie aufhalten.«

Normalerweise gehört es zu meinen Lieblingsbeschäftigungen, mir einen Film anzuschauen – neben Konzertbesuchen und mich mit Pizza mit extra Käse vollzustopfen. Aber nicht heute Abend. Als Holly und ich zusammen zum Kino gehen, die Baseballmützen bis zur Nase heruntergezogen und die Jacken bis zum Kinn zugeknöpft, komme ich mir eher vor wie ein verdeckter Ermittler bei einem gefährlichen Einsatz. Mein ganzer Körper ist starr vor Anspannung.

Das »Fairhollow Roxy« liegt am äußersten Rand der Stadt, am anderen Ende der Hauptstraße, umgeben von Feldern und Wald. Angeblich steht es schon seit den 1920ern dort und gehört zu den ältesten Kinos im ganzen Land. Als es vor uns auftaucht, geisterhaft weiß vor dem sich verdunkelnden Himmel, kann ich mir gut vorstellen, wie es ausgesehen haben muss, als die Menschen damals in ihren Zwanzigerjahre-Klamotten für den neuesten Schwarz-Weiß-Film Schlange standen. Glücklicherweise ist heute Montag und es ist kaum jemand hier. Auch die Bluthexen sind noch nirgends zu sehen.

Wir verschwinden schnell ins Foyer. Der Boden ist mit einem verblassten roten Teppich ausgelegt, der an verschiedenen Stellen ziemlich abgeschabt ist, während in der Mitte des Raumes ein riesiger Kronleuchter von der Decke hängt, bei dem allerdings die Hälfte der Glühbirnen fehlt. Das ganze Gebäude wirkt beinahe, als könnte es hier spuken. Ich zittere unwillkürlich und folge Holly zum Kartenschalter.

»Wo sollen wir uns hinsetzen?«, frage ich, als wir den dunklen Kinosaal betreten. Wir sind die Ersten und haben freie Auswahl.

»Ganz hinten«, antwortet Holly und geht den Gang hinauf. »So haben wir den perfekten Blick auf die anderen Plätze und können die Bluthexen im Auge behalten.«

Wir entscheiden uns für zwei Sitze in der hinteren Ecke und warten. Die Leinwand erwacht flackernd zum Leben und eine Reihe ziemlich peinlicher Werbeclips für lokale Geschäfte flimmert darüber hinweg.

»ABC Motors!«, bellt uns ein Mann förmlich an. »Für alles rund ums Auto. Mit uns *fahren* sie immer gut.«

»Oh bitte!«, stöhnt Holly. »Wer denkt sich so was aus?«

Die Tür öffnet sich knarrend und mein Herz macht einen Satz. Ein Pärchen kommt herein und setzt sich in die erste Reihe.

»Leiden Sie unter Spannungskopfschmerzen?«, kreischt eine grinsende Frau mit viel zu viel Make-up von der Leinwand.

»Erst, seit ich deine Stimme gehört habe«, murmelt Holly.

Die knarrende Tür öffnet sich erneut. Diesmal kommt eine Gruppe von Leuten herein. Als sie im Licht der Leinwand vorbeigehen, erkenne ich Izzys Silhouette – ihre perfekten Ringellocken wippen auf und ab. Eve geht hinter ihr, gefolgt von Vivien und Ben, alle mit Popcorntüten in der Hand.

Holly und ich rutschten ganz tief auf unseren Sitzen hinunter. Glücklicherweise enden die Werbeclips gerade und der Saal wird in völlige Dunkelheit getaucht. Ich sehe zu, wie Izzy und die anderen in den hinteren Teil des Kinos gehen und sich für Plätze eine Reihe vor uns entscheiden. Zum Glück bleiben sie in der Mitte der Reihe stehen und setzen sich.

Dann beginnt der Film. Es ist eine Komödie, die in einer Kleinstadt in Amerika spielt, in der alle Mädchen Hexen sind. Die Stadt ist jedoch ganz anders als Fairhollow. Die Hexen dort scheinen ihre Kräfte nur dafür einzusetzen, um perfektes Make-up aufzutragen und ihr Zimmer aufzuräumen.

»Das ist so lahm«, flüstert Holly mir zu, als die Hauptfigur mit einem Zauberspruch ihr komplettes Zimmer rosa färbt.

Ich nicke und frage mich, was die Bluthexen wohl davon halten. Ich schließe die Augen und versuche, die Gefühle aus ihrer Richtung einzufangen. Nervosität flattert in meinem Bauch wie ein gefangener Vogel. Ich runzle die Stirn. Warum sollten sie nervös sein? Abgesehen von der entsetzlichen Rosa-Schwemme ist der Film nicht besonders furchteinflößend.

Schließlich nähert er sich mit dem Abschlussball seinem vorhersehbaren Ende. Die Haupthexe überschüttet die Tanzfläche mit Glitter und verwandelt den mürrischen Schulleiter in eine Kröte.

»Oh, gähn!«, brummt Holly. »Leute in Kröten zu verwandeln, ist so was von letztes Jahrtausend.«

Die Bluthexen, die den ganzen Film über schweigend dagesessen haben, erheben sich. Das Flattern in meinem Bauch wird immer wilder.

»Willst du mit uns in unser Geheimversteck kommen?«, höre ich Izzy fragen.

»Oh, ich weiß nicht. Es ist schon ziemlich spät«, antwortet Eve.

»Komm schon, sei nicht so ein Langweiler«, sagt Vivien.

»Ja, schließlich haben wir dein Ticket bezahlt und dir Popcorn gekauft«, fügt Ben hinzu.

Mein Herz beginnt zu hämmern, und diesmal weiß ich, dass meine eigene Nervosität der Grund dafür ist. Bestimmt werden sie Eve heute Abend fragen, ob sie sich ihnen anschließen will. Das würde auch erklären, warum sie so nervös sind. Bislang habe ich gar nicht darüber nachgedacht, aber mit einem Mal wird mir bewusst, dass dabei auch für die Bluthexen viel auf dem Spiel steht.

»Okay, ich komme mit. Aber nur kurz«, lenkt Eve schließlich ein und folgt den anderen den Gang hinunter. Sie klingt nicht gerade begeistert.

Holly und ich warten, bis die vier zur Tür hinaus sind, bevor wir ebenfalls aufspringen und ihnen nacheilen.

Draußen ist es stockdunkel, abgesehen von der dünnen Mondsichel am Himmel. Izzy und die anderen hasten über die Straße in Richtung Wald. Wir halten uns in den Schatten und folgen ihnen bis zu einem schmalen Fußweg, der sich zwischen den Bäumen hindurchschlängelt. Wir warten ein paar Minuten, bevor wir den Pfad entlangschleichen und aufpassen, möglichst kein Geräusch von uns zu geben. Die Bäume ragen wie Riesen über uns auf und winken mit ihren mächtigen Ast-Armen sanft in der Brise. Ich taste in meiner Hosentasche nach dem Medaillon meiner Mum und hoffe, dass es mir Mut schenkt. Doch sobald ich die Finger darum schließe, blitzt ein Bild vor meinem inneren Auge auf. Ich sehe meine Mum, Celeste, die über denselben Pfad stolpert. Es regnet stark und der Wind peitscht durch ihr Haar. Ich höre einen Schrei. *Ihren* Schrei. Dann ist das Bild ebenso plötzlich wieder verschwunden. Ich bleibe einen Moment ganz still stehen und versuche, das Gleichgewicht nicht zu verlieren.

»Alles okay?«, fragt Holly mich flüsternd.

Ich nicke und gehe weiter. Was habe ich da gerade gesehen? War meine Mum auch irgendwann hier? Warum hat sie geschrien? Ich stecke das Medaillon zurück in die Tasche. Ich muss mich jetzt ausschließlich auf Eve konzentrieren und darf mich nicht ablenken lassen.

Vor uns wird der Fußweg breiter. Holly gibt mir mit einer Geste zu verstehen, mich hinter einer riesigen Eiche zu verstecken. Die Bluthexen sind stehen geblieben. Mir bricht am ganzen Körper kalter Schweiß aus. Was werden sie tun, wenn sie uns hier entdecken? Wenn sie uns im Kino gesehen hätten, hätten wir es einfach als Zufall abtun können, aber hier? Hier gibt es keine Ausreden.

»Wo sind wir?«, will Eve wissen. Sie klingt verängstigt.

»Am Rabensee«, antwortet Ben.

»Das ist ein ganz besonderer Ort für uns«, fügt Izzy hinzu. »Niemand sonst weiß davon. Nur du.«

»So sehr vertrauen wir dir«, sagt Vivien.

»Aber vertraust du uns auch?«, fragt Izzy.

Es folgt ein Moment der Stille. Ich verlagere vorsichtig mein Gewicht und ein Zweig knackt unter meinem Fuß. Mein Herz hört beinahe auf zu schlagen. Haben sie es gehört? Werden sie uns entdecken?

»Natürlich vertraue ich euch«, antwortet Eve. Keiner achtet auf uns.

Wenn ich nicht solche Angst hätte, ein Geräusch von mir zu geben, würde ich ein erleichtertes Seufzen ausstoßen.

»Gut«, erwidert Izzy. »Weil wir dich nämlich etwas fragen wollen.«

Mein Herz rast so schnell, dass ich das Blut in meinen Ohren rauschen höre. Holly schaut mich mit weit aufgerissenen Augen an.

»Wie hat dir der Film gefallen?«, fragt Vivien.

»Der Film?« Eve klingt überrascht. »Gut. Ich hatte wirklich Spaß.«

»Ja«, sagt Izzy mit widerlich süßer, triefender Stimme. »Es macht auch wirklich Spaß – eine Hexe zu sein.«

Eve lacht nervös.

»Mehr Spaß als alles andere, finde ich«, fügt Izzy hinzu.

»Was … was meinst du damit?«, stammelt Eve.

Ich schaue zu Holly hinüber und halte den Atem an.

»Darum haben wir dich hierhergebracht«, sagt Izzy. »Um dir zu sagen, dass wir drei … Hexen sind.«

»Aber ich … ich verstehe nicht.«

Ganz langsam und vorsichtig luge ich hinter dem Baum hervor. Eve steht nur da und starrt Izzy an, auch wenn ich sie im fahlen Mondlicht kaum erkennen kann.

»Oh, ich glaube, du verstehst sehr gut«, fährt Izzy mit sanfter Stimme fort. »Ich habe gesehen, was du in der Höhle getan hast, als wir eingeschlossen waren. Ich habe gesehen, wie du den Felsen bewegt hast. Wir wissen von deinen Kräften. Aber es ist okay, weil wir genauso sind wie du. Wir sind auch Hexen. Und wir wollen, dass du dich uns anschließt.«

»Deine Kräfte sind unglaublich«, fügt Vivien hinzu und geht einen Schritt auf Eve zu.

»Sie sind wirklich richtig cool«, pflichtet Izzy ihr bei. »Ich wünschte, ich könnte, was du kannst.«

»Ehrlich?«, fiepst Eve. »Aber …« Sie wendet sich ab und ich ziehe mich schnell wieder hinter den Baum zurück.

»Ich hasse meine Kräfte«, sagt Eve, diesmal mit festerer Stimme. »Ich will sie nicht. Ich will einfach nur ein ganz normales Leben führen.«

»Aber normal ist so langweilig«, sagt Izzy.

»Mit unseren Kräften können wir alles tun«, fügt Ben hinzu.

»Ja, genau. Wir können sogar deinen Bruder heilen«, verkündet Izzy.

Tief im Wald heult ein Fuchs und dann wird alles still.

20

Mir wird ganz schwindlig und ich lehne mich gegen den Baum. Izzys Worte fühlen sich einfach nur falsch an. Ich kann spüren, dass sie lügt.

»Was?« Eves Stimme hallt durch den Wald und hoch über uns flattert etwas in den Bäumen auf. »Was meinst du damit, ihr könnt meinen Bruder heilen?«

»Genau das«, antwortet Izzy. »Ich habe die Gabe, Menschen zu heilen. Wenn du dich uns anschließt, werde ich George wieder gesund machen.«

Holly schüttelt voller Entsetzen den Kopf.

Ich würde Izzy am liebsten »Du Lügnerin!« ins Gesicht brüllen, aber mit einem Mal erfasst mich ein schrecklicher Gedanke. Ist meine Mum auch hierhergekommen, als sie zu den Bluthexen gewechselt ist, damit sie mein Leben retten kann? Haben sie ihr hier gesagt, dass sie mich heilen würden? Ist das der Grund, warum ich eben diesen Flashback hatte? Mir ist vor lauter Angst und Verwirrung inzwischen so schwindlig, dass winzige Lichtpunkte vor meinen Augen zu tanzen beginnen.

»Oh, wow«, stößt Eve aus. »Ich weiß wirklich nicht, was ich sagen soll.«

»Sag, dass du dich uns anschließt«, raunt Izzy ihr zu.

»Ich … ich … Kann ich erst mal darüber nachdenken?«

»Was gibt's da nachzudenken?«, blafft Vivien sie an. »Willst du, dass es deinem Bruder wieder besser geht oder nicht?«

»Ja, natürlich will ich das«, schreit Eve. »Aber das ist alles ein bisschen viel auf einmal.«

»Das verstehe ich«, sagt Izzy. Ihre Stimme ist immer noch zuckersüß, aber ich kann spüren, wie ihre brennende Wut und Frustration auf dem Weg zu mir den Boden versengen, wie bei einem Waldbrand. »Warum treffen wir uns nicht einfach morgen um vier Uhr wieder hier? Wenn du dich uns anschließen willst, dann kommst du auch.«

»Okay«, erwidert Eve.

»Du wirst es nicht bereuen«, fügt Ben hinzu.

»Nein«, versichert Izzy ihr. »Wenn du dich uns anschließt, wirst du es garantiert nicht bereuen.«

Die düstere Botschaft, die zwischen den Zeilen mitschwingt, hängt schwer in der nächtlichen Luft: *Aber wenn du dich uns nicht anschließt, wirst du es bis in alle Ewigkeit bereuen.*

»Okay. Danke. Bis … bis dann.« Eve wendet sich von ihnen ab und kommt auf dem Pfad auf uns zu. Holly und ich ziehen uns tief in die Schatten hinter dem Baum zurück.

Ich halte den Atem an, als sie an uns vorbeirauscht.

»Kommt jetzt«, blafft Izzy Vivien und Ben an. »Wir gehen runter zum See.«

Sobald sie weg sind, dreht sich Holly zu mir um. »Sollen wir Eve nachgehen?«

Ich schüttle den Kopf. »Sie ist viel zu aufgewühlt. Wir müssen Tante Clara erzählen, was passiert ist«, flüstere ich atemlos. »Wir müssen sie fragen, was wir jetzt tun sollen.«

Als wir im »Paper Soul« ankommen, brennt oben in der Küche Licht und wir hören Gemurmel. Wir platzen in den Raum und sehen Mrs Schofield, die den Schreibwarenladen nebenan führt, mit Tante Clara am Küchentisch sitzen. Vor ihnen stehen eine Kanne Tee und ein Teller mit Keksen.

»Hallo, Mädels«, begrüßt uns Tante Clara. »Wie war's im Kino?«

»Super«, antworte ich, während ich ihr gleichzeitig telepathisch die Nachricht sende: *Es war schrecklich und wir müssen dringend mit dir reden!*

Tante Clara starrt mich einen Moment lang an. »Wie schön.« Ihre Stimme klingt ein wenig angespannt, deshalb weiß ich, dass sie die Nachricht empfangen hat.

»Also, denkst du, ich sollte mich der Operation unterziehen?«, fragt Mrs Schofield und schenkt sich noch etwas Tee nach.

»Ja, ich finde, das solltest du.« Tante Clara sieht Holly und mich an. »Mrs Schofield hat Probleme mit ihren Krampfadern.«

»Oh, verstehe«, erwidere ich ruhig, während ich innerlich vor Ungeduld schreie.

»Dieser Ingwertee ist wirklich herrlich, Clara«, sagt Mrs Schofield. »Er wärmt so schön.«

Holly schaut mich an. Ich muss ihre Gedanken nicht lesen, um ganz genau zu wissen, was in ihr vorgeht.

»Hast du nicht gesagt, dass du meine Hilfe bei den Hausaufgaben brauchst, Nessa?«, fragt Tante Clara und durchbohrt mich förmlich mit ihrem Blick.

»Was? Oh ja! Bei meinem Aufsatz für Geschichte.«

»Geschichte war mein Lieblingsfach, als ich so alt war wie du«, sagt Mrs Schofield und nimmt sich einen Keks. »Ich kann dir gerne auch helfen.«

»Oh nein, schon in Ordnung.« Tante Clara steht auf. »Ich bin mir sicher, dass wir zwei das hinkriegen.« Sie wirft Mrs Schofield einen Blick zu.

Mrs Schofield nippt erneut an ihrem Tee.

Bitte, geh endlich!, flehe ich still.

»Oh!« Mrs Schofield stellt ihre Tasse ab und wirkt ein wenig verwirrt. »Ich muss los.« Sie steht auf und schnappt sich ihre Jacke. »Vielen Dank für deinen Rat, Clara. Wir sehen uns dann morgen. Gute Nacht, Mädchen.« Sie greift nach ihrer Handtasche und eilt zur Tür hinaus.

Holly grinst. »Okay, wer von euch war das? Wer von euch hat sie dazu gebracht zu verschwinden?«

Tante Clara schaut mich an und lächelt. »Ich glaube, das waren wir beide. Also, schießt los, was ist passiert?«

Ich setze mich an den Tisch und vergrabe den Kopf in den Händen. »Nach dem Film haben sie Eve zu ihrem Geheimversteck mitgenommen und sie gefragt, ob sie sich ihnen anschließen will.«

Tante Clara wirkt zu Tode erschrocken. »Und hat sie es getan?«

Ich schüttle den Kopf. »Noch nicht.«

»Sie hat gesagt, dass sie noch etwas Zeit braucht, um darüber nachzudenken.« Holly beginnt, in der Küche auf und ab zu tigern.

»Aber sie wird Ja sagen«, füge ich niedergeschlagen hinzu.

Tante Clara setzt sich neben mich. »Woher willst du das wissen?«

»Weil sie ihr versprochen haben, dann ihren Bruder zu heilen.« Ich schaue Tante Clara an und plötzlich füllen sich meine Augen mit Tränen. »Ist das wahr? Können sie ihn heilen? Tun sie dasselbe, was sie mit meiner Mum getan haben?« Die Tränen strömen über mein Gesicht.

»Oh, Schatz.« Tante Clara nimmt meine Hände in ihre. Sie fühlen sich warm und stark an. »Nein, das können sie nicht. Keiner von ihnen ist ein Heiler, und die Bluthexe, die dich geheilt hat, ist schon vor langer Zeit gestorben. Sie haben keinen Heiler in dieser Generation. Jedenfalls noch nicht.«

»Dann lügen sie also«, zischt Holly. »Wow, sie schrecken wirklich vor nichts zurück, um zu bekommen, was sie wollen.«

»Ja, aber das gibt euch auch eine Gelegenheit«, sagt Tante Clara. »Wenn ihr mit Eve sprechen und ihr alles erklären könnt – wenn ihr sie davon überzeugen könnt, dass sie lügen und ihren Bruder nicht heilen können –, dann wird sie sich ihnen niemals anschließen.« Tante Clara streckt einen Arm aus und nimmt auch Hollys Hand. »Ihr dürft noch nicht aufgeben. Nicht, solange noch Hoffnung besteht.«

Holly nickt. Ich spüre eine Woge der Stärke, die durch Tante Claras Hand in meine strömt und sich langsam in meinem ganzen Körper ausbreitet.

»Silber du und Silber ich«, beginnt Tante Clara, und Holly und ich stimmen ein und sprechen die Worte mit, als würde unser Leben davon abhängen. »Wir sind Silber, ewiglich.«

21

Holly übernachtet bei mir, damit wir am nächsten Morgen so früh wie möglich zu Eve gehen können. Keine von uns macht ein Auge zu, aber wir sind auch kaum in der Lage, irgendetwas zu sagen. Wir haben viel zu viel Angst davor, was am kommenden Tag passieren könnte, deshalb werfen wir uns nur die ganze Nacht unruhig im Bett hin und her und starren an die Decke. Wir beschließen, dass acht Uhr die frühestmögliche Zeit ist, um an einem Samstagmorgen bei Eve zu Hause aufzulaufen. Sobald mein Wecker halb acht anzeigt, springen wir aus dem Bett und ziehen uns an.

Tante Clara hat ganz offensichtlich auch nicht besonders gut geschlafen. Als wir in die Küche kommen, sitzt sie bereits komplett angezogen am Tisch, ihre Kristallsammlung in einem Kreis vor sich ausgebreitet.

»Zum Schutz«, erklärt sie. »Ich habe das Gefühl, dass wir davon heute eine Menge gebrauchen können.« Sie steht auf und stellt den Teekessel auf den Herd. »Möchtet ihr frühstücken?«

Ich blicke Holly an und wir schütteln beide den Kopf.

»Ich will es einfach nur hinter mich bringen«, sage ich. »Ich will direkt zu Eve nach Hause.«

Tante Clara nickt. »Okay. Aber vergesst nicht, was beim letzten Mal passiert ist. Überstürzt es nicht. Bedrängt sie nicht.«

»Das werden wir nicht«, versichert Holly. Vor Sorge und Schlafmangel sieht sie ganz blass aus. »Oder zumindest hoffe ich das.«

Tante Clara nimmt uns beide fest in den Arm und drückt jeder von uns einen Kristall in die Hand. »Nehmt die mit. Und viel Glück.«

Wir rennen die Hauptstraße hinunter, und mein Kopf ist so voller Gedanken daran, was ich zu Eve sagen will, dass ich gar nicht bemerke, dass Noah gerade die Tische und Stühle vor dem »Zimt & Zucker« aufstellt.

»Hi!«, ruft er. »Wo ist das Feuer?«

Ich bremse aus vollem Lauf ab und starre ihn an. »Welches Feuer?«

Er lacht. »Ich habe das nicht wörtlich gemeint. Das sagt man nur so – wenn es jemand richtig eilig hat. So als würde er vor einem Feuer fliehen.«

Ich spüre gereizt, wie Verärgerung in mir aufsteigt. Ich habe es allmählich satt, dass Noah mich für ein dämliches kleines Kind hält, dem man alles erklären muss und das zu jung ist, um in einer Band zu spielen. Aber ich kann mich mit so etwas nicht aufhalten – vor allem nicht, wenn ich etwas viel Wichtigeres zu tun habe.

»Tut mir leid, aber ich hab jetzt keine Zeit zu plaudern«, sage ich kühl und renne weiter.

»Ist alles okay?«, ruft er mir nach und klingt tatsächlich besorgt.

Ich tue so, als hätte ich ihn nicht gehört, und eile weiter die Straße hinunter. Ich spüre einen Schwall der Verwirrung von Holly und blocke ihn schnell ab. Ich darf jetzt nur noch an Eve denken.

Als wir Eves Haus erreichen, sind dort noch sämtliche Vorhänge zugezogen.

»Was meinst du, was wir tun sollen?«, fragt Holly, während wir vor dem Haus auf dem Gehweg auf und ab tigern.

»Ich weiß es nicht.« Meine Nerven flattern so stark, dass ich kaum geradeaus denken kann. »Vielleicht schlafen sie am Wochenende ja gerne aus. Wir wollen sie schließlich nicht verärgern, indem wir sie aufwecken.«

»Warten wir noch eine Weile«, schlägt Holly vor und setzt sich auf die Bordsteinkante.

Während wir warten, gehe ich im Kopf verschiedene Möglichkeiten durch, wie ich das Gespräch mit Eve beginnen könnte. *Hi. Ich weiß, dass wir dich bei unserem letzten Besuch ziemlich aufgewühlt haben, aber …* Aber was? *Diesmal werden wir dich noch mehr aufwühlen und dir erzählen, dass die Hexen, die du für deine Freunde hältst, deinen Bruder gar nicht heilen können.*

Ich blicke zu dem Haus hinüber und sehe, dass die Vorhänge in einem der unteren Zimmer offen sind. Ich packe Holly am Arm. »Ich glaube, sie sind aufgestanden.«

Wir folgen dem Pfad zur Haustür und mein Herz klopft wie wild.

»Wer übernimmt das Reden?«, fragt Holly. »Du oder ich?«

»Ich mache das.« Ich drücke auf die Türklingel und hole tief Luft.

Ich höre Schritte im Inneren des Hauses und dann geht die Tür auf. Eves Mum steht in einem Morgenmantel vor uns, eine dampfende Tasse in der Hand.

»Ja?«, fragt sie und wirkt ziemlich verwirrt. Dann verfinstert sich ihre Miene. »Oh, ihr seid das.«

»Ja, wir … äh … wir haben uns gefragt, ob Eve da ist«, stammle ich.

»Warum? Damit ihr sie wieder so durcheinanderbringen könnt?«

Ich spüre einen stechenden Pfeil der Wut auf mich zufliegen. »Nein! Ganz und gar nicht. Wir müssen ihr etwas wirklich Wichtiges sagen.«

»Das muss es wohl sein, wenn ihr um diese Zeit an einem Samstag hier vorbeikommt.«

»Ist es auch«, springt Holly mir bei und macht einen Schritt vorwärts. »Ich schwöre Ihnen, dass wir die Wahrheit sagen, die ganze Wahrheit und nichts als die Wahrheit.«

Ich starre sie an. Warum redet sie, als seien wir hier in einem Justizthriller?

Eves Mum sieht mindestens so verdutzt aus, wie ich mich fühle. »Soll das vielleicht irgendein schlechter Scherz sein? Weil ich euch nämlich versichern kann, dass dies jetzt wirklich nicht der richtige Zeitpunkt für –«

»Nein!«, rufe ich aus. »Das ist kein Scherz, ehrlich. Wir müssen wirklich dringend mit Eve sprechen.«

»Tja, dann habt ihr Pech gehabt, fürchte ich.« Eves Mum beginnt, die Tür wieder zu schließen. »Sie ist nicht zu Hause.« Die Tür knallt zu.

Ich blicke Holly frustriert an. Wenn Eve nicht hier ist, wo ist sie dann?

22

Wir eilen den Gehweg wieder hinunter und Holly packt mich plötzlich am Arm.

»Oh mein Gott, denkst du, sie hat sich schon entschieden? Denkst du, sie wollte nicht bis heute Nachmittag warten und ist schon zu Izzy gegangen?«

Mir schnürt sich die Kehle zu. Wenn dem wirklich so ist, dann kommen wir zu spät. »Wir müssen es herausfinden. Komm, wir gehen zu Izzy nach Hause.«

Izzys Haus ist eine riesige umzäunte Villa, die mitten auf einem privaten Anwesen steht. Ich blicke auf die getönten Fensterscheiben, die mich über die Einfahrt hinweg wie seelenlose Augen anstarren, und ein Angstschauer erfasst mich. Haben sich die Bluthexen dort drin mit Eve versammelt? Heißen sie sie jetzt gerade in ihrem Kreis willkommen?

»Wie sollen wir denn herausfinden, ob Eve hier ist?«, frage ich und schaue verzweifelt durch die Gitterstäbe des Tors. Das Haus steht so weit von der Straße entfernt, dass es unmöglich ist, irgendetwas zu erkennen.

Holly seufzt. »Ich schätze, wir werden wohl einfach fragen müssen.«

»Was?« Ich sehe entsetzt zu, wie sie auf den Knopf der Gegensprechanlage neben dem Tor drückt. »Was machst du denn da?«

Bevor Holly mir antworten kann, ertönt ein Klicken und die Gegensprechanlage knistert. »Hallo?«, sagt eine Männerstimme.

»Oh, hallo«, sagt Holly mit merkwürdigem amerikanischem Akzent. »Könnte ich bitte mit Izzy sprechen?«

»Izzy ist nicht hier«, antwortet der Mann knapp.

»Oh, Mist! Verflixt!«, ruft Holly aus. »Wissen Sie vielleicht, wann sie wieder zurückkommt?«

»Ich habe keine Ahnung. Sie ist zum Frühstück verabredet.«

»Okay, danke. Einen schönen Tag noch!« Holly schnappt meine Hand und rennt die Straße hinunter. »Komm schon.«

»Was sollte denn das mit dem Akzent?«, will ich wissen und renne hinter ihr her.

»Damit sie uns nicht auf die Schliche kommt«, antwortet Holly. »Wenn Izzys Dad ihr erzählt, dass eine Amerikanerin zu ihr wollte, kommt sie bestimmt nicht darauf, dass wir es waren.«

»Verstehe. Glaubst du, sie ist wirklich zum Frühstück verabredet? Oder sind sie eher mit Eve zum See gegangen?«

»Das lässt sich leicht herausfinden«, antwortet Holly.

Ich schaue sie fragend an.

»Wir sind hier in Fairhollow«, sagt Holly. »Es gibt hier nur einen Ort, an dem sich die Leute zum Frühstück treffen – das Zimt & Zucker. Und jetzt komm!«

Als wir das »Zimt & Zucker« erreichen, ist dort bereits ziemlich viel los.

»Tun wir so, als würden wir uns die Speisekarte anschauen«, schlage ich Holly vor. »Dann können wir heimlich nachsehen, ob sie wirklich da drin sind.«

Wir beugen uns über die im Fenster hängende Speisekarte und schauen ins Café.

»Da – ganz hinten!«, ruft Holly aus.

Izzy, Ben und Vivien sitzen an einem Tisch im hinteren Bereich des Cafés, tief ins Gespräch versunken. Ich kann Eve nirgendwo erkennen.

»Ja!«, sagt Holly. »Sie ist nicht bei ihnen.«

»Woher willst du das so genau wissen? Sie könnte schließlich auch auf der Toilette sein – oder an der Theke.« Ich lasse den Blick durchs Café schweifen und er bleibt an Noah hängen. Er steuert auf die Tür zu, ein Tablett mit Heißgetränken in den Händen. Verdammt!

»Ich sehe keinen vierten Stuhl«, bemerkt Holly.

»Was?«

Noah grinst mich an.

»An ihrem Tisch«, fügt Holly hinzu. »Es steht kein vierter Stuhl an ihrem Tisch. Eve kann nicht bei ihnen sein. Es sei denn, sie zwingen sie zu stehen – was ziemlich seltsam wäre, selbst für die Bluthexen.«

Ich atme erleichtert aus.

Noah kommt zu uns heraus. »Hallo – noch mal. Kann ich euch was zu trinken bringen?«

»Wir müssen wieder los«, antworte ich.

Noah sieht mich verwirrt an. »Aber ihr seid doch eben erst hergekommen. Und habt euch die Speisekarte angeschaut.«

»Ja, na ja, wir haben es uns eben anders überlegt«, sagt Holly. Sie hakt sich bei mir unter. »Komm.«

Noah wirkt gekränkt, aber darüber kann ich mir jetzt keine Gedanken machen. Wir haben immer noch eine Chance, die Bluthexen aufzuhalten – wenn wir Eve zuerst finden.

»Versuchen wir es in der Bibliothek«, schlägt Holly vor. »Da gehe ich auch immer hin, wenn ich nicht weiterweiß.«

Aber als wir die Bibliothek erreichen, ist sie voller Eltern mit kleinen Kindern und es gibt nirgendwo eine Spur von Eve.

Wir suchen sie im Park und im Süßwarenladen und gehen sogar an der Fairhollow Highschool vorbei, nur für den unwahrscheinlichen Fall, dass Eve das eigenartige Bedürfnis verspürt hat, an einem Samstag in die Schule zu gehen, aber wir können sie nirgends finden.

»Wir müssen uns in sie hineindenken«, sagt Holly, als wir am Bahnhof vorbeischlendern. »Wie fühlt sie sich in diesem Augenblick wohl gerade?«

»Verwirrt? Verängstigt? Gestresst?«, vermute ich.

Holly nickt. »Richtig. Und wo würdest du hingehen, wenn du verwirrt, verängstigt oder gestresst wärst?«

Ich denke an all die Momente, in denen ich mich verwirrt oder verängstigt gefühlt habe, seit ich nach Fairhollow gezogen bin. »Wenn ich nicht zur Eiche gehen könnte, dann würde ich zurück nach Hause wollen, zu meinem Dad«, antworte ich. »Aber das ist unmöglich, weil er am anderen

Ende der Welt wohnt und unser Haus in London an Fremde vermietet ist, also –«

»Das ist es!« Hollys Augen leuchten vor Aufregung.

»Ist es?« Ich starre sie mit leerem Ausdruck an.

»Eves Familie ist nach Georges Unfall nach Fairhollow gezogen, aber vorher haben sie in Newbridge gewohnt, richtig?«

»Richtig.«

»Vielleicht ist sie ja dorthin zurück, um wieder einen klaren Kopf zu kriegen.«

Ich spüre ein aufgeregtes Kribbeln im Bauch. Es würde Sinn ergeben. Und Newbridge ist nur eine Station mit dem Zug entfernt, deshalb wäre es kein Problem für Eve, dorthin zu fahren. Holly und ich laufen zum Bahnhofsgebäude.

»Einfahrt auf Gleis 1: Regionalzug nach Newbridge. Abfahrt 11.06 Uhr«, verkündet die knisternde Stimme des Bahnhofsvorstehers aus dem Lautsprecher.

»Oh mein Gott, das kann nur ein Zeichen sein«, ruft Holly aus. »Komm schon!«

Wir rennen ins Bahnhofsgebäude, kaufen uns jede ein Ticket und springen gerade noch rechtzeitig in den Zug.

23

Zehn Minuten später sind wir in Newbridge. Erst als wir auf der geschäftigen Einkaufsstraße stehen, auf der gerade ein Markt stattfindet, dämmert es mir, dass es schwieriger werden könnte, als wir dachten, Eve zu finden. Vor allem, weil wir nicht den Hauch einer Ahnung haben, wo sie früher gewohnt hat.

Aber zum Glück sieht Holly aus, als wüsste sie genau, was zu tun ist. »Mir nach«, sagt sie.

»Kennst du ihre alte Adresse?«, frage ich und folge ihr an einem Verkaufsstand mit frischem Fisch vorbei.

»Frische Makrelen, direkt vom Boot!«, ruft uns der Fischhändler nach.

»Nein, aber ich glaube, ich kenne jemanden, der es weiß«, antwortet sie.

»Wen denn?«

»Das Postamt.«

Holly führt mich an Gebäck- und Klamottenständen und einem riesigen Stand mit Kisten voller Obst und Gemüse vorbei, bis wir schließlich das Postamt erreichen. Im Inneren ist es im Vergleich zum turbulenten Treiben auf dem Markt herrlich ruhig. Nur das leise murmelnde Plaudern zweier Frauen, die hinter dem Schalter sitzen, ist zu hören.

»Guten Morgen«, sagt Holly in geradezu lächerlich vornehmem Tonfall. Sie nähert sich einer der Postangestellten, einer älteren Dame, deren runde rote Wangen wie zwei Äpfel glänzen. »Ich habe mich gefragt, ob Sie uns vielleicht helfen können. Meine Schwester und ich sind jahrelang mit unserem Vater – er ist Archäologe – zu Ausgrabungen um die Welt gereist. Ägypten, Peru, Botswana – wir haben überall gegraben. Wie dem auch sei, wir sind heute für einen Tag wieder zurück in Newbridge und wollten eine alte Freundin von uns besuchen, Eve Hart. Leider können wir uns nicht mehr so genau daran erinnern, wo sie wohnt.«

Die Frau runzelt die Stirn und ich spüre ein Stechen der Verzweiflung. Warum muss Holly auch immer gleich so furchtbar übertreiben?

»Eve Hart?«, wiederholt die Frau.

»Ja. Sie hat einen älteren Bruder, George. Reizender Junge.«

»Oh! Ich weiß, wen ihr meint. Die Harts oben in Cherry Hill.« Die Frau setzt eine traurige Miene auf. »Dann habt ihr es wahrscheinlich noch gar nicht gehört.«

»Was haben wir noch nicht gehört, meine Gute?«, fragt Holly.

Ich muss mich beherrschen, um sie nicht in die Seite zu knuffen.

»Er hatte einen schrecklichen Unfall und kann seine Beine nicht mehr bewegen.«

Holly klatscht die Hände vor den Mund. »Oh nein! Wir müssen sofort zu ihnen und ihnen unser Mitgefühl aussprechen. Cherry Hill, sagten Sie?«

»Ja, aber dort werdet ihr sie nicht mehr finden, fürchte ich. Sie sind letztes Jahr weggezogen, nach dem Unfall. Sie brauchten einfach einen Tapetenwechsel, schätze ich.«

Holly geht zur Tür. »Okay. Vielen Dank.«

Die Frau hinter dem Schalter steht auf. »Ich könnte mal nachsehen, ob wir ihre neue Adresse hier irgendwo haben.«

»Oh nein, schon in Ordnung, danke«, sagt Holly und öffnet die Tür.

Ich eile mit ihr nach draußen und mein Gesicht glüht förmlich. »Okay, das war's.«

»Was?«

»Von jetzt an übernehme ich das Reden.«

»Aber –«

»Kein aber! Wir sind hier nicht im neunzehnten Jahrhundert!«

Ich sehe eine Frau mit Kinderwagen auf uns zukommen. »Entschuldigung, könnten Sie uns bitte sagen, wie wir nach Cherry Hill kommen?«

Die Frau beschreibt uns den Weg und geht weiter. Ich drehe mich zu Holly um. »Siehst du? Komische Akzente oder verrückte Geschichten über Ausgrabungen in Peru sind überhaupt nicht nötig.«

Holly stößt ein Schnauben aus. »Ja, aber dafür war es auch viel langweiliger.«

Cherry Hill liegt fünf Fußminuten von der Hauptstraße entfernt. Es gibt dort viele altmodische kleine Häuschen mit wunderschön angelegten Vorgärten. Sie sind alle makellos gepflegt, abgesehen von dem ganz am Ende der Straße. Dort steht ein »Zu verkaufen«-Schild, das von hohen Grashalmen und Wildblumen überwuchert ist.

»Glaubst du, das ist es?«, flüstere ich Holly zu, als wir uns dem Haus nähern.

Sie nickt. »Sieht mir jedenfalls nach einem guten Ausgangspunkt für unsere Suche aus.«

Wir durchqueren den weitläufigen Vorgarten und lugen durch das schmutzige kleine Glasfenster in der Haustür. Das Innere des Hauses liegt in Dunkelheit getaucht.

»Schauen wir mal hinten nach«, flüstere ich Holly zu. Wir schleichen an der Seite des Hauses entlang und gehen durch ein Tor in den hinteren Garten, der noch überwucherter ist als der vordere. Das Gras steht fast kniehoch und in den Blumenbeeten kämpfen sich Narzissen und blaue Glockenblumen durch ein wild verflochtenes Durcheinander aus Unkraut. Dann sehe ich etwas, bei dessen Anblick mein Herz einen Schlag aussetzt. Dort, am Rand des Gartens, unter einer mächtigen Eiche, sitzt Eve. Ich knuffe Holly in die Seite.

»Aber diesmal gehen wir es ganz vorsichtig an«, flüstere ich. »Wir dürfen ihr keine Angst machen.«

Holly nickt und wir nähern uns Eve langsam durch das hohe Gras.

Als wir nur noch wenige Meter von ihr entfernt sind, huste ich leise. Eve erschrickt und dreht sich um.

»Was …? Wie …? Was macht ihr denn hier?«, fragt sie atemlos.

»Wir müssen mit dir reden«, sage ich sanft.

»Wir wissen, was passiert ist«, fügt Holly hinzu.

»Was meinst du?« Eve blickt angsterfüllt zu uns auf.

Ich gehe vor ihr in die Hocke und Holly tut dasselbe.

»Wir wissen, dass Izzy dich gefragt hat, ob du dich ihnen anschließen willst«, antworte ich.

»Oh.« Eve senkt den Blick.

»Wir wollen nur, dass du auch wirklich weißt, worauf du dich da einlässt«, fahre ich fort.

»Wir wollen, dass du weißt, wie böse sie sind«, fügt Holly hinzu.

»Böse?« Eve lacht. »Sie sind nicht böse. Sie sind meine Freunde.«

Holly stößt ein sarkastisches Husten aus und ich blicke sie stirnrunzelnd an. Wir dürfen nicht zulassen, dass Eve in die Defensive geht.

»Ich weiß, dass sie viel Geld gesammelt haben, um deinem Bruder zu helfen«, sage ich.

»Ja, das haben sie«, unterbricht mich Eve. »Aber das ist noch nicht alles, was sie für ihn tun werden.«

»Du darfst ihnen nicht vertrauen«, sage ich. »Sie wollen ihre Kräfte nur einsetzen, um andere Menschen zu verletzen und Böses zu tun.«

»Das ist nicht wahr!« Eve springt auf und ihre Augen funkeln vor Zorn. »Sie werden George helfen. Sie werden ihn wieder gesund machen. Und ich werde mich ihnen anschließen.« Sie starrt uns trotzig an.

»Aber sie benutzen dich nur«, sagt Holly. »Wenn du dich ihnen anschließt, dann brauchen sie nur noch eine Hexe, um ihre Penta zu vollenden. Und wenn sie das tun, haben sie die ganze Macht und werden uns allen das Leben zur Hölle machen. Es gibt zwei Arten von Hexen, verstehst du? Bluthexen und Silberhexen. Silberhexen setzen ihre Kräfte nur ein, um Gutes zu tun. Bluthexen sind böse. Und in jeder Generation haben beide Seiten die Chance, die Macht über die andere zu erlangen. Die erste Seite, die ihre Penta aus fünf Hexen vollendet, gewinnt. Du musst dich *uns* anschließen, den Silberhexen, damit wir sie besiegen können.«

»Ihr lügt!« Eve sieht furchtbar wütend aus. Mir rutscht das Herz in die Hose. Die Bluthexen haben gewonnen. All ihre Intrigen haben sich ausgezahlt. Ich muss wieder daran denken, wie die drei im Klassenzimmer saßen und Vivien Izzy erzählt hat, wie sie den Arzt nachgeahmt hat. Mir wird richtig übel.

»Wir lügen nicht«, sage ich und richte mich wieder auf. »Du musst uns glauben.«

»Doch, tut ihr!« Eve stößt mich weg. Aber anstatt durch den Garten davonzurennen, bleibt sie wie angewurzelt stehen und ihr Gesicht wird kreidebleich. Für einen Sekundenbruchteil ist mein Kopf völlig leer.

»Was ...? Aber ...« Eve schnappt nach Luft – und dann bricht sie auf dem Boden zusammen.

24

»Was ist hier gerade passiert?«, fragt Holly und zieht ihr Handy aus der Hosentasche.

Langsam lichtet sich der Nebel in meinem Gehirn. Was *ist* hier gerade passiert?

»Ich rufe einen Krankenwagen.« Holly entsperrt ihr Handy.

Doch bevor sie die Nummer wählen kann, beginnt Eve zu stöhnen und bewegt sich wieder.

»Alles okay?« Ich gehe auf die Knie und lege sanft eine Hand auf ihre Schulter.

»Ich habe sie gesehen«, keucht Eve. »Als ich dich berührt habe. Ich habe sie gesehen.«

»Wen hast du gesehen?«, frage ich.

»Vivien mit den anderen. Sie hat gelacht. Sie hat gesagt …« Eve bricht den Satz ab und sieht aus, als sei sie den Tränen nahe. »Sie hat gesagt, dass sie so getan hat, als sei sie Georges Arzt. *Sie* hat meiner Mum erzählt, dass es keine Hoffnung mehr für ihn gibt.«

»*Das* ist also gerade passiert!« Holly geht neben uns in die Hocke und blickt Eve an. »Aber wie konntest du das sehen?« Sie wendet sich an mich. »Hast du ihr deine Erinnerung gezeigt?«

»Ich glaube schon.« Ich schaue Eve an. »Ich bin eine Empathin. Das ist meine besondere Kraft. Manchmal kann ich Erinnerungen aus dem Leben anderer Menschen sehen, und ich glaube, ich habe dir gerade eine meiner Erinnerungen gezeigt.«

»Versuch doch mal, ihr noch mehr zu zeigen«, drängt mich Holly.

Ich blicke Eve direkt in die Augen. »Wäre das in Ordnung für dich?«

Eve nickt. Ich schließe die Augen und packe sie fest an der Schulter. Ich stelle mir eine Collage aus Erinnerungen vor. All die Male, als Izzy und die anderen mir ihr wahres Gesicht gezeigt haben. Ich spüre, wie Eve neben mir zusammenzuckt, mache aber trotzdem weiter. Und dann überkommt mich plötzlich so heftige Übelkeit, dass ich Eves Schulter loslassen und mich hinlegen muss. Ich blicke in den klaren blauen Himmel und atme gleichmäßig ein und aus, bis ich mich wieder besser fühle.

Neben mir höre ich, wie Eve sich aufrappelt.

»Geht's euch beiden gut?«, fragt Holly besorgt.

Ich stehe auf und schaue Eve an. Ihr Gesicht ist knallrot und sie sieht wutentbrannt aus.

»Wie konnten sie das nur tun? Wie konnten sie mich so anlügen?« Sie starrt auf einen Apfelbaum ganz in der Nähe und wir hören ein schreckliches Krachen.

»Passt auf!«, brüllt Holly und schubst uns beide zur Seite. Der Baum kippt um und landet genau dort, wo ich eben noch gelegen habe.

»Oh nein!«, schreit Eve. »Oh nein!« Sie beginnt zu schluchzen. »Es tut mir so leid. Ich wollte das nicht … Ich hasse meine Kräfte! Ich hasse sie!«

Holly und ich legen jede eine Hand auf Eves Schultern.

»Wenn es dich irgendwie tröstet: Wir beide haben unsere Kräfte am Anfang auch gehasst«, sage ich.

»Wirklich?« Eve blickt mich mit tränenerfüllten Augen an.

»Ja, aber du wirst dich bald daran gewöhnen«, versichert Holly ihr.

Eve schüttelt den Kopf und weint noch heftiger. »Ihr versteht das nicht. Ich will mich nicht daran gewöhnen. Wie könnte ich das, nach dem, was ich George angetan habe?«

»Was meinst du denn damit?«, frage ich sanft.

»Ich bin der Grund dafür, dass George im Rollstuhl sitzt«, schluchzt Eve und wischt sich die Tränen aus dem Gesicht. »Meine dämlichen Kräfte sind schuld daran.«

»Wie denn?«

»Wir haben uns im Auto gestritten. Er hat gesagt, dass ich seine PlayStation nicht benutzen darf, und das hat mich richtig wütend gemacht. Ich habe auf diesen Telefonmast am Straßenrand gestarrt und plötzlich ist er umgefallen. Ich hätte George damit umbringen können. So wie ich dich eben hätte umbringen können, mit dem Baum.«

»Aber das war doch nicht deine Schuld«, sage ich.

»Ich habe auch oft ein ziemliches Chaos verursacht, bevor ich gelernt habe, meine Kräfte zu kontrollieren«, fügt Holly hinzu.

»Sitzt deinetwegen auch jemand, den du liebst, im Rollstuhl?«

»Nein, aber …« Holly verstummt und blickt mich hilflos an.

»Ich werde mich ihnen anschließen müssen«, sagt Eve und wirkt furchtbar verstört. »Sie haben mir versprochen, dass sie ihn heilen werden. Ich werde es mir niemals verzeihen können, wenn ich diese Chance nicht nutze, ihn wieder gesund zu machen.«

Ich habe das Gefühl, von Kummer überwältigt zu werden, als mir klar wird, dass meine Mum sich meinetwegen ganz genauso gefühlt haben muss. »Aber sie lügen. Keiner von ihnen ist Heiler. Keiner von ihnen hat diese Kraft. Sie sagen nur, was immer nötig ist, damit du dich ihnen anschließt.«

»Aber was, wenn sie noch einen Heiler finden?«, fragt Eve. »Was, wenn sie eine andere Hexe finden, die über diese Kräfte verfügt?«

»Tja, ich schätze, diese Entscheidung musst du ganz allein treffen.« Ich fühle mich vollkommen leer. Ohne Worte und ohne Hoffnung. »Vielleicht sollten wir dich für eine Weile allein lassen, damit du in Ruhe über alles nachdenken kannst«, schlage ich vor. Ich habe das Gefühl, wenn wir Eve weiter drängen, vertreiben wir sie am Ende womöglich nur. Aber wenn wir ihr ein bisschen Zeit für sich allein geben, kommt sie vielleicht doch noch zur Vernunft. Ich bedeute Holly mit einer Geste, mir aus dem Garten zu folgen. Mein Herz fühlt sich mit jedem Schritt schwerer an.

Doch als wir das Tor gerade erreicht haben, ruft Eve uns nach: »Wartet! Ich habe meine Entscheidung getroffen.«

25

Langsam, mit wild pochendem Herzen drehe ich mich zu Eve um.

»Ich weiß, dass ich meine Kräfte nicht länger ignorieren kann«, sagt sie und ballt verkrampft die Fäuste. »Ich weiß, dass ich akzeptieren muss, dass ich eine Hexe bin.«

Ich kann kaum noch atmen und warte voller Anspannung darauf, was als Nächstes kommt.

»Ich fühle mich so schuldig wegen dem, was ich George angetan habe«, fährt Eve fort.

Mir wird das Herz schwer. Das war's dann also. Es ist vorbei.

»Aber ich würde mich noch schuldiger fühlen, wenn ich mich ihnen anschließen würde.«

»Was?« Ich starre Eve an und wage kaum zu glauben, was ich da höre.

Sie löst ihre Fäuste und lächelt mich schüchtern an. »Ich will mich euch anschließen. Ich will lernen, wie ich meine Kräfte dazu nutzen kann, Gutes zu tun. Wenn ich mich auf ihre Seite schlage, werden sie mich nur dazu zwingen, sie für das Böse einzusetzen, und damit könnte ich niemals leben.«

»Ja!« Holly stürzt sich auf Eve und wirft die Arme um sie. »Das wird so was von großartig, stimmt's, Nessa?«

Ich nicke, zu überwältigt vor Erleichterung, um irgendetwas zu sagen. Eve will zu uns gehören. Sie wird sich *uns* anschließen, nicht den Bluthexen. Ich gehe zu ihr, von großer Dankbarkeit erfüllt. »Danke«, sage ich leise. »Vielen, vielen Dank.«

Eve schaut auf ihre Uhr. »Gut, dann werde ich es ihnen jetzt sagen.«

Holly runzelt die Stirn. »Bist du sicher? Du könntest auch einfach nicht hingehen.«

Eve schüttelt den Kopf. »Nein, ich will ihnen ins Gesicht sagen, was ich von ihnen halte.«

Holly grinst. »Cool.«

Wir nehmen den nächsten Zug zurück nach Fairhollow. Auf der Fahrt fühle ich mich mit jedem Moment glücklicher, weil mir erst jetzt richtig bewusst wird, was Eves Entscheidung wirklich bedeutet. Ich schicke Tante Clara schnell eine Nachricht.

Tolle Neuigkeiten! Eve schließt sich uns an! xoxo

Sie schreibt sofort zurück.

Fantastisch!!!!!!!!

Sie muss den ganzen Tag neben dem Handy auf eine Nachricht gewartet haben.

Als wir Fairhollow erreichen, ist es schon fast vier Uhr. Wir rennen die Hauptstraße hinunter, vorbei am Kino, wo die Besucher der Nachmittagsvorstellung gerade aus dem Gebäude strömen, und folgen dann dem Fußweg in den Wald. Unter den dichten Ästen wird es schnell dunkel. Zum ersten Mal, seit Eve sich für uns entschieden hat, empfinde ich Angst. Die Bluthexen werden über diese Neuigkeit alles andere als erfreut sein. Was, wenn sie versuchen, Eve doch noch irgendwie dazu zu zwingen, sich ihnen anzuschließen? Ich schließe die Finger um Mums Medaillon und spüre Stärke und Zuversicht. Die Bluthexen haben vielleicht meine Mum auf ihre Seite gezwungen, aber Eve werden sie nicht dasselbe antun. Das werde ich nicht zulassen.

Als der Pfad langsam breiter wird, läuft Eve uns ein Stück voraus. Ich kann die Silhouetten dreier Gestalten am See erkennen. Sie haben ein Feuer angezündet. Schatten tanzen um sie herum wie schwarze Geister.

»Du bist gekommen!«, ruft Vivien aus, als Eve sich ihnen nähert.

»Ich wusste es«, sagt Izzy ruhig.

»In Dunkelheit wir leben«, intoniert Ben feierlich, »in Dunkelheit wir fallen.«

Izzy und Vivien stimmen ein und die drei stellen sich in einer Reihe auf und blicken Eve an. »Dunkelheit im Blut, Dunkelheit in allen!«

»Das glaube ich nicht«, sagt Eve.

Ich blicke Holly an und sie nickt. Wir treten aus dem Schatten und gehen ebenfalls auf die Bluthexen zu.

»Oh nein, was machen diese Freaks denn hier?«, ruft Ben aus, als er uns sieht.

»Wir sind mit Eve hier«, antworte ich. Wir sind jetzt nur noch wenige Meter von ihnen entfernt. Nahe genug, um zu erkennen, dass Izzys Augen vor Wut funkeln.

»Was meinst du damit, ihr seid mit Eve hier?« Sie wendet sich Eve zu. »Hast du sie mitgebracht? Hast du ihnen unser Geheimversteck gezeigt?«

»Oh, komm wieder runter«, sagt Holly. »Wir kannten euer ›Geheimversteck‹ sowieso schon. Wir sind euch gestern Abend nach dem Kino gefolgt.«

Jetzt strömt die Wut wie rot glühende Lava von Izzy zu mir. Ich stelle mir vor, ich wäre von einer Mauer aus Eis umgeben, um sie abzuwehren.

»Ich weiß, was ihr getan habt«, beginnt Eve und ihre Stimme bricht vor Emotionen. »Ich weiß, dass ihr mich und meine Mum angelogen habt.« Sie dreht sich zu Vivien. »Nessa hat mir gezeigt, was du gesagt hast, nachdem du den Arzt nachgeahmt hast.«

Vivien klappt den Mund auf und wieder zu wie ein Goldfisch. »Sie hat es dir gezeigt? Wie?«

»Das gehört alles zu den Dingen, die Empathen so draufhaben«, erwidere ich lässig.

»Zu den *zahlreichen* Dingen, die Empathen so draufhaben«, fügt Holly hinzu. »Sie sind nämlich viel cooler als langweilige alte Mimen.«

Vivien läuft knallrot an. Sie starrt Izzy an, als wollte sie sie fragen: *Und was machen wir jetzt?*

Izzy geht einen Schritt auf Eve zu. »Aber was ist mit dem armen George?«, fragt sie durchtrieben. »Wenn du dich uns nicht anschließt, dann wird er nie wieder gesund werden. Wir sind die Einzigen, die ihn heilen können.«

»Lügnerin!«, spuckt Eve aus.

Izzy weicht schockiert einen Schritt zurück.

»Keiner von euch ist ein Heiler«, sagt Eve. »Aber ihr seid alle Lügner und ich will nichts mehr mit euch zu tun haben.«

»Moment mal, ganz langsam.« Izzy starrt Eve mit zusammengekniffenen Augen an. »So einfach ist das nicht. Du kannst uns nicht so einfach den Rücken zukehren. Wir sind die Bluthexen.«

»Ach, wirklich?« Eve blickt zu einem hohen Baum zu unserer Rechten hinüber. Holly und ich machen instinktiv einen Schritt zurück. Ein lautes Krachen hallt durch den Wald, als der Baum zu Boden stürzt und direkt zwischen uns und den Bluthexen landet. Sie stehen wie angewurzelt da, vollkommen starr vor Schreck. Holly schaut auf den Boden vor ihren Füßen und Flammen züngeln durch das dünne Gras und immer höher. Die Bluthexen taumeln rückwärts in Richtung See.

IHR WERDET NIEMALS GEWINNEN! Ich stelle mir vor, wie die Worte aus meinem Kopf fliegen, über den umgestürzten Baum hinweg und durch die Flammen hindurch in ihre Köpfe.

»Nein!«, schreit Izzy.

NIEMALS!, projiziere ich in ihren Verstand.

»Verschwindet von hier!«, kreischt Izzy.

»Mit Vergnügen«, erwidert Holly, den Blick immer noch auf das Feuer gerichtet. Die Flammen flackern ein letztes Mal auf und schrumpfen dann in sich zusammen.

Ich nehme Eve und Holly an der Hand und gemeinsam marschieren wir durch den Wald davon. »Willkommen bei den Silberhexen«, sage ich und drücke Eves Hand ganz fest.

»Danke!« Sie lächelt mich an und drückt meine Hand ebenfalls.

»Jetzt müssen wir Eve nur noch unseren Leitspruch beibringen«, sagt Holly.

Ich nicke und wir stimmen wie aus einem Mund an: »Silber du und Silber ich, wir sind Silber, ewiglich.« Lauter und lauter, bis es sich anhört, als würden unsere Stimmen im ganzen Wald widerhallen.

»Das muss gefeiert werden«, findet Holly, als wir die Hauptstraße wieder hinunterschlendern. »Milchshakes?«

Natürlich ist Noah der Erste, den ich sehe, als wir das »Zimt & Zucker« erreichen. Er wischt einen der Tische draußen ab. Er sieht richtig besorgt aus. »Ist alles in Ordnung?«, fragt er vorsichtig.

Holly seufzt, aber dann verschwindet sie mit Eve im Café, während ich stehen bleibe und grinse. Die Silberhexen sind jetzt zu dritt, genau wie die Bluthexen, und es ist alles *viel* besser als nur in Ordnung. »Alles bestens, danke.«

Noah wirkt aufrichtig erleichtert. »Also, ich dachte …«, beginnt er.

»Ja?« Wir sind genauso viele wie die Bluthexen. Jetzt stehen unsere Chancen genauso gut wie ihre, unsere Penta als Erste zu vollenden.

»Würdest du vielleicht gerne mal ins Kino gehen?«

»Was?« Ich starre ihn schockiert an.

»Mit mir?« Er lächelt schüchtern. »Würdest du vielleicht gerne mal ins Kino gehen? Mit mir? Im Moment läuft ein Film, der ziemlich gut sein soll. Irgendwas mit Hexen …«

Ich breche in schallendes Gelächter aus und kann gar nicht mehr aufhören zu lachen. All die Anspannung, die sich in den letzten Wochen in mir aufgestaut hat, löst sich mit jedem Kichern in Fröhlichkeit auf.

»Okay … Das ist nicht unbedingt die Reaktion, die ich mir erhofft hatte.« Noahs Wangen laufen knallrot an und er wendet sich ab.

»Oh nein, ich lache dich doch nicht aus.« Ich hole tief Luft und versuche, die Fassung wiederzuerlangen. »Ich würde liebend gerne mit dir ins Kino gehen«, füge ich dann mit einem Grinsen hinzu. »Vor allem in einen Film über Hexen.«

WELCHE HEXENGABE HAST DU?

Frage 1

Was ist dein Lieblingsfach in der Schule?

A) Geschichte. Du liebst es, davon zu träumen, wie romantisch die Vergangenheit war.
B) Sport. Du bist in sämtlichen Schulmannschaften.
C) Die Mittagspause. Du quatschst am liebsten mit deinen Freunden und erfährst, was es Neues gibt.
D) Französisch. Du würdest so gerne noch andere Sprachen sprechen und die Welt bereisen.
E) Deutsch. Du hast die Nase immer in einem Buch.

Frage 2

Wie lange brauchst du morgens, um dich fertig zu machen?

A) 30 Minuten – und das nur für deine Haare!

B) Weniger als fünf Minuten. Du fasst dein Haar einfach zu einem Pferdeschwanz zusammen und bist startklar!

C) Eine Stunde. Man braucht schließlich Zeit, um das perfekte Outfit zusammenzustellen!

D) Kommt drauf an. Du probierst gerne mal neue Looks aus.

E) 15 Minuten. Du siehst zwar gerne natürlich aus, aber nicht unordentlich!

Frage 3

Wie verbringst du deine Wochenenden am liebsten?

A) Mit einem entspannten Beauty-Tag zu Hause mit deinen besten Freundinnen.

B) Beim Ballspielen im Park oder beim Baden am See.

C) Beim Shoppen mit Freunden.

D) Bei einem Konzert, um neue Bands spielen zu hören.

E) Gemütlich mit einem guten Buch.

Frage 4

Wie würdest du deinen Schwarm fragen, ob er mit dir ausgeht?

A) Ihm im Unterricht einen Zettel zustecken.
B) Nachdem du für dein Fußballteam den Siegtreffer erzielt hast.
C) Einfach hingehen und ihn fragen!
D) Eine lustige Schnitzeljagd organisieren und ihn am Ende fragen.
E) Ihm eine Nachricht schicken und auf cool machen.

Frage 5

Was machst du bei einer Übernachtungsparty am liebsten?

A) Selbst gemachte Gesichtsmasken und Nägel lackieren.
B) Die ganze Nacht wach bleiben und Videospiele spielen.
C) Deinen Schwarm auf Facebook verfolgen.
D) Den ganzen Abend lang »Wahrheit oder Pflicht« spielen.
E) Dich ins Bett kuscheln und deine Lieblingsfilme gucken.

Frage 6

Was für Fotos postest du bei Instagram?

A) Deine süßesten Outfits.

B) Videos von deinen Saltos auf dem Trampolin.

C) Alberne Selfies mit all deinen Freunden.

D) Schöne Landschaften.

E) Inspirierende Zitate, die eine besondere Bedeutung für dich haben.

Frage 7

Wie würdest du deinen Stil beschreiben?

A) Total Mädchen.

B) Sportlich.

C) Lässig und cool.

D) Der ändert sich ständig!

E) Klassisch und retro.

Frage 8

Wen findest du absolut mega-süß?

A) Du verliebst dich jede Woche in einen anderen Jungen.

B) Den Kapitän der Fußballmannschaft.

C) Jemanden, der charmant und beliebt ist.

D) Den geheimnisvollen Typen, der in der Klasse ganz hinten sitzt.

E) Jemanden mit harter Schale, aber ganz weichem Kern.

DEIN ERGEBNIS

Vorwiegend A
Du bist ein ZEITWANDLER! Du bist eher romantisch veranlagt und brauchst einfach mehr Zeit, um bis ins letzte Detail zu planen, wie du deinem Schwarm am besten auffällst. Die Zeit langsamer verstreichen zu lassen, hilft dir bei der perfekten romantischen Geste, mit der du sein Herz gewinnst.

Vorwiegend B
Du bist ein ENERGIE-BÜNDLER! Du bist voller Tatendrang und sitzt einfach nicht gerne still. Dank deiner Gabe hat alles um dich herum genauso viel Energie wie du – sei nur vorsichtig, dass du nichts in Brand steckst!

Vorwiegend C
Du bist ein MIME! Du bist am glücklichsten, wenn du von deinen Freunden umgeben bist und den neuesten Klatsch und Tratsch mit ihnen austauschen kannst. Als Mime hast du die perfekte Gabe, um Streiche zu spielen und Geheimnisse mit ihnen zu teilen!

Vorwiegend D

Du bist TELEKINETISCH! Du bist sehr unabhängig und machst die Dinge am liebsten auf deine Art. Dank deiner telekinetischen Gabe kannst du Hindernisse beiseiteräumen, die sich dir in den Weg stellen, und tanzt nur nach deiner eigenen Pfeife.

Vorwiegend E

Du bist ein EMPATH! Du strahlst Ruhe aus, kannst gut zuhören und bist immer für deine Freunde da. Deine Gabe hilft dir dabei zu verstehen, wie sich andere Menschen fühlen, und du kannst ihnen deine Gedanken sogar wortlos übermitteln.

PLÖTZLICH MAGISCH

Als Nessa zu ihrer Tante in das verschlafene Städtchen Fairhollow zieht, rechnet sie nicht im Traum mit dem, was sie an ihrer neuen Schule erwartet: Unter ihren Mitschülerinnen sind echte Hexen!

Doch nicht alle sind so nett wie Holly, mit der Nessa sich schnell anfreundet. Die hübsche Izzy und ihre Clique setzen ihre Zauberkräfte dazu ein, andere zu drangsalieren – und auch auf Nessa haben sie es abgesehen.

Nach und nach kommt Nessa einem unglaublichen Geheimnis auf die Spur – und muss dabei feststellen, dass auch in ihr selbst verborgene Kräfte schlummern ...